冥想之诗

蔡天新 主编

人民文学出版社

图书在版编目(CIP)数据

冥想之诗/蔡天新主编.—北京:人民文学出版社,2016
ISBN 978-7-02-011465-8

Ⅰ.①冥… Ⅱ.①蔡… Ⅲ.①诗集-世界
Ⅳ.①I227

中国版本图书馆 CIP 数据核字(2016)第 039818 号

责任编辑　王清平
　　　　　杜　晗
封面配画　冷冰川
装帧设计　高静芳

出版发行　人民文学出版社
社　　址　北京市朝内大街 166 号
邮政编码　100705
网　　址　http://www.rw-cn.com
印　　制　山东德州新华印务有限责任公司
经　　销　全国新华书店等
字　　数　166 千字
开　　本　890×1240 毫米　1/32
印　　张　11.125
版　　次　2016 年 6 月北京第 1 版
印　　次　2016 年 6 月第 1 次印刷
书　　号　978-7-02-011465-8
定　　价　38.00 元

如有印装质量问题,请与本社图书销售中心调换。电话:01065233595

前　言

　　古时候中国的读书人多有一个理想,便是"读万卷书,行万里路。"最早萌生此理想的是十一世纪宋代的水利专家兼水利官员刘彝(1017—1086),他是福建人,曾任职两浙,在江西赣州为官时留下一条福寿沟,迄今仍是该市老城区十余万居民的排水干道。刘彝在107卷的《七经中义》里率先写道:"读万卷书,行万里路。"古人用毛笔写字,且写在竹帛上,后来虽被纸张替代,仍是卷轴书,就如同今天的书画装裱一样。因此,一万卷大约相当于如今的几百本书。

　　直到明代，始有了线装书，书籍才变得轻盈了，可以容纳更多的文字了。十六世纪，松江（上海）的书画家董其昌（1555—1636）在论及作画时提升了这个概念，他在谈艺录《画旨》里写道："读万卷书，行万里路。胸中脱去尘浊，自然丘壑内营。"说到董其昌，他是个有争议的人，官运亨通，财路顺畅，做过礼部尚书。他对政治异常敏感，一有风吹草动，就坚决辞官归乡，或漫游各地，过后再买回官职。

　　对诗人们来说，读书和旅行绝非难事，而是一桩美事。事实上，冥想和漫游是诗人的两个特质，也可以说是两种基本的写作状态，每一位诗人都有这两种喜好或倾向。一般来说，青年时代，他（她）们更愿意到各地漫游，后来年岁渐长，经历多了，又喜欢独处。比如德国出生的瑞士诗人兼小说家赫尔曼·黑塞（1877—1962），年轻时两度游历意大利，到过德国和瑞士各地，还去了亚洲的印度、锡兰（今斯里兰卡）和苏门答腊，晚年他隐居在瑞士的意大利区，门口挂着一个牌子"谢绝来访"。当然，诗人们的境况各异，也有不同甚或相反的情形。

于是乎，就有了编注这两个选本——《漫游之诗》和《冥想之诗》的念头。与诗友们商议后，得到了热情的响应或支持，他们中有八位曾参与《现代诗100首》（蓝、红卷）的评注（一晃已经十年了），还有两位新友，他们都在美国的名校取得学位，任职于境外的大学或研究所。我们要求入选者，他或她在其中的一方面享有盛名，同时又是一位重要的现代诗人。当然，未必面面俱到，把伟大的诗人全收入，不过也希望，每位选家能推荐一两位译介相对较少的诗人。

在历史的长河上，诗歌选本或读本成千上万，无论古体诗还是现代诗，中国诗还是外国诗，但形式大同小异，希望这是一套有特色的选本。关于入选规则，每位评注者选注四位诗人，每位诗人五首诗作，长短合宜。评注者为每位诗人撰写一篇介绍文字，包括入选漫游或冥想卷的理由，每首诗并加若干注释。既鼓励选择自己翻译的诗人和诗作，也注意吸纳其他优秀译者的译作。

诚然，对现代诗人尤其是当代诗人来说，生活的状态发生了巨大的变化，漫游或冥想时的心境也与古人有很大差异。但这正是当代读者所处的环境，他们的生活和工作比以往更加忙碌，也有更多的机会去看世界，可却没有那么多时间观察、思考人生，甚至读诗也是一桩奢侈的事情了。还是那句老话，亲爱的读者，如果你的视线飘离诗歌已经很久了，那么，就请暂时落下来稍息片刻吧。

最后，我想引用《现代诗100首》（蓝、红卷）前言里的一段话作为结束语："我们对诗歌始终保持乐观态度的一个原因是，每一代人中间都有千千万万颗心怀有各式各样绚丽多姿的梦想，并努力把每一个梦想付诸实施，这些人可谓生命中的舞蹈者。他（她）们或许一生默默无闻，永远不为人所知，可是，也正是由于他们对梦想的不懈追求和努力，才使得我们这个世界变得可爱，精彩纷呈，适宜于居住。"

蔡天新

2015年秋天，杭州彩云居

/ 目　录 /

001　**卡瓦菲斯**［希腊］
伊萨卡岛 / 画 / 大琉士 / 前厅的镜 / 在戏院

017　**雅姆**［法国］
为他人的幸福而祈祷 / 为爱痛苦而祈祷 / 为同驴子一起上天堂而祈祷 / 为承认无知而祈祷 / 为最后一个愿望而祈祷

035　**史蒂文斯**［美国］
钢琴旁的彼得·昆斯 / 看黑鸟的十三种方式 / 不是有关事物的观念而是事物本身 / 取代一座山的诗 / 日照中的女人

054　**穆尔**［美国］
诗 / 致长颈鹿 / 什么是岁月？ / 贪婪和真理有时相互作用 / 精神是一个迷人的东西

070　**安德烈耶夫**［俄罗斯］
日复一日 / 秋天！自由！ / 啊，春日脱下靴子多么快乐 / 致被捕时遗失的玩具熊 / 森林的寂静中有多少河流

085　**奥登**［英—美］
爱得更多 / 阿喀琉斯的盾牌 / 死神的宣叙调 / 布谷小颂 / 名人志

102　**托马斯**［英国］
　　威尔士风光 / 农村 / 时代 / 演戏 / 其他

118　**拉金**［英国］
　　怎么睡觉 / 给我的妻子 / 昨日出生——给萨莉·艾米斯 /
　　无知 / 爆炸

135　**雅各泰**［瑞士］
　　"夜是一座沉睡的大城" / "别担心,会来的!" / 声音 /
　　无知的人 / 我们看见

153　**巴赫曼**［奥地利］
　　在墙后 / 被缓期的日子 / 大熊星的召唤 / 初生之地 / 流亡

170　**詹宁斯**［英国］
　　一体 / 初秋之歌 / 纪念那些我不认识的人 / 想起爱 /
　　冬天的诗

184　**阿多尼斯**［叙利亚—黎巴嫩］
　　歌 / 演说的开始 / 新诺亚 / 伤口 / 追忆童年

206　**特朗斯特罗姆**［瑞典］
　　水手长的故事 / 1966年——写于冰雪消融中 / 七二年
　　十二月晚 / 自1979年3月 / 记忆看见我

220 **艾基**［俄罗斯］
胚芽 / 死 / 寂静 / 八月的一个早晨 / 关于K的对话——致奥尔加·玛什科娃

234 **希尼**［爱尔兰］
奇游之歌 / 饮水 / 挖掘 / 学期中断 / 不法之徒

253 **沙拉蒙**［斯洛文尼亚］
漆 / —— / 高祖父们 / 无题 / 完美

270 **达维什**［巴勒斯坦］
最后的列车停了 / 另一条路在道路中 / 咖啡馆，你和一份报纸 / 那边的婚礼 / 像一个小咖啡馆，那是爱

284 **贝莉**［尼加拉瓜］
佚诗颂 / 足球 / 足迹 / 马莉安的出生 / 语言记忆：西班牙征服（节选）

304 **卡森**［加拿大］
探戈之二 / 玻璃随笔（节选） / 诺斯底主义，之三 / 享乐主义 / 索福克勒斯《安提戈涅》中的"人物颂"

327 **维斯托尼提斯**［希腊］
亚努斯的面孔 / 黑暗的夏天 / 反向 / 战役之后 / 片断（节选）

卡瓦菲斯 [希腊]

卡瓦菲斯（C. P. Cavafy），最伟大的希腊现代诗人，1863年生于埃及古城亚历山大，父亲是富裕的希腊进出口商，常来往于英国城市利物浦。父亲死后，经济出现困难，母亲带卡瓦菲斯和六个哥哥移居利物浦，卡瓦菲斯的哥哥们接管并经营父亲的生意，因此卡瓦菲斯在九岁至十六岁的大部分时间都生活在英国，掌握英语并喜欢英国文学作品，包括阅读莎士比亚和王尔德，英国诗人勃朗宁使用戏剧独白和面具的手法，则对他后来的写作有重要影响。由于埃及发生严重经济危机，家族公司关闭，经济更加困难，卡瓦菲斯一家人于1877年被迫迁回亚历山大。1882年，英国因埃及民族主义者起义而炮轰亚历山大，卡瓦菲斯家大宅严重损毁，一家人迁往君士坦丁堡，待了三年，这个时候卡瓦菲斯开始写希腊语诗和英语散文。1885年返回亚历山大后，卡瓦菲斯试做过多种工作，包括记者、经纪人、股票交易所职员，最后在水利局找到一份学徒工，后来成为正式职员，直至退休，总共三十年。在退休十一年后，1933年卡瓦菲斯因喉癌逝世。

在回到亚历山大之后，除了几次短暂的出国旅行，卡瓦菲斯一直都待在亚历山大。这几次外出分别是：1897年与哥哥约翰访问巴黎和伦敦；1901年与哥哥亚历山大访问雅典，并与雅典知识分子见面，后来与其中一些人保持通信；1903年再访雅典，其诗歌开始受到希腊文学界一些重要人物的注意，小说家和戏剧家色诺波洛斯在杂志上发表了第一篇赞赏卡瓦菲斯诗歌的文章；1905年，三访雅典，哥哥亚历山大病逝于雅典；1932年因喉癌到雅典治病，同年返回亚历山大。1933年4月29日病逝，这一天也正是他的生日。卡瓦菲斯直到退休后，其诗歌才在希腊获得较广泛承认。

卡瓦菲斯在二十世纪诗歌中占有非常独特的位置，这独特源自他虽然早期受高蹈派和象征主义影响，但是当他进入成熟期也就是他主要作品的写作后，他与整个现代主义运动完全脱离关系，生活在历史，尤其是古希腊和罗马历史中，在历史中沉思冥想，以历史写诗，开辟一个全新诗歌世界，加上他语言非常简约、精确，因此在现代主义逐渐退潮之后，他诗歌的重要性日益凸显。可以大胆地说，如果要挑选十位最伟大的二十世纪诗人，卡瓦菲斯必定入选，五位也必定入选，三位也必定入选，两位也必须入选。譬如说如果我们要在叶芝、里尔克和卡瓦菲斯这三位之中选出两位，那么必须牺牲叶芝或里尔克，留下其中一位与卡瓦菲斯并列，这不是因为卡瓦菲斯比他们任何一位伟大，而是因为他如此独特，与他们没有任何重叠，而他们，以及其他二十世纪诗人，都多多少少有交叉和重叠，或共同的影响源头。

卡瓦菲斯的世界观，被福斯特的一句话概括了："一位戴草帽的希腊绅士，绝对静止不动地站着，从一个稍斜的角度看世界。"取材历史的诗，构成他诗歌的大部分，这些诗也正是他看待世界的角度,其中最突出的是反讽,也即历史如何捉弄人。另一部分诗,是情欲诗,由于卡瓦菲斯是同性恋者,所以他的情色诗变得独一无二:既坦率又自然。这两部分诗之外,还有哲理诗,并且这两部分诗中亦包含哲理。卡瓦菲斯自称是历史诗人和哲学诗人,如果再加上他没提到的情欲诗人,以及他在作品中时常提及的对诗歌和艺术的拯救作用的肯定,那我们可以说,这就是卡瓦菲斯的诗歌世界了。

(黄灿然 译注)

伊萨卡岛 ①

当你启航前往伊萨卡
但愿你的旅途漫长,
充满冒险,充满发现。
莱斯特律戈涅斯巨人 ②,独眼巨人 ③,
愤怒的波塞冬海神 ④——不要怕他们:
你将不会在路上碰到诸如此类的怪物,
只要你保持高尚的思想,
只要有一种特殊的兴奋
刺激你的精神和肉体。
莱斯特律戈涅斯巨人,独眼巨人,
野蛮的波塞冬海神——你将不会跟他们遭遇
除非你将他们带进你的灵魂,
除非你的灵魂将他们耸立在你面前。

但愿你的旅途漫长。
但愿那里有很多夏天的早晨,
当你无比快乐和欢欣地
进入你第一次见到的海港:

但愿你在腓尼基人⑤的贸易市场停步
购买精美的物件,
珍珠母和珊瑚,琥珀和黑檀,
各式各样销魂的香水
——尽可能买多些销魂的香水;
愿你走访众多埃及城市
向那些有识之士讨教再讨教。

让伊萨卡常在你心中,
抵达那里是你此行的目的。
但千万不要匆促赶路,
最好多延长几年,
那时当你上得了岛你也就老了,
一路所得已经教你富甲四方,
用不着伊萨卡来让你财源滚滚。

是伊萨卡赐予你如此神奇的旅行,
没有它你可不会启航前来。
现在她再也没有什么可以给你的了。
而如果你发现它原来是这么穷,那可不是伊萨卡想愚弄你。

既然你已经变得很有智慧,并且见多识广,

你也就不会不明白,这些伊萨卡⑥意味着什么。

---

① 荷马史诗《奥德赛》讲述的主要是希腊联军中足智多谋的奥德修斯在希腊联军攻陷特洛伊之后,返回他的王国伊萨卡岛,途中经历重重危险。他参加围困特洛伊历时十年,回家旅程历时八年。

②③④ 莱斯特律戈涅斯巨人和独眼巨人是奥德修斯返回故乡伊萨卡岛途中遇到的食人生番;波塞冬是海神,善于兴风作浪,也对奥德修斯的归乡构成重大障碍。

⑤ 腓尼基,地中海东岸古国,腓尼基国王曾为奥德修斯提供一艘船,让他返回伊萨卡。

⑥ 作者把"伊萨卡"普遍化了。这首诗看似是旅途之诗,实际上是冥想之诗,旨在揭示旅程本身的重要。伊萨卡象征理想或目标。

画

我的作品,我很小心写它,并且爱它。
但是今天缓慢的进度使我沮丧。
这一天影响了我的心情。
它越来越暗。无尽的风和雨。
我更有心情看而不是写。
在这幅画里,我现在凝视一位漂亮的少年,
他正躺在一池泉水边,
他跑累了。
多么漂亮的少年;在天堂似的正午
安然入睡。
我这样坐着凝视了好长时间,
通过艺术而从创造艺术的疲倦中恢复过来。①

---

① 诗中人是一位作者,正在创造艺术。但他累了,停下来欣赏一幅画,一件艺术作品。这样,他得到休息,从而重新振作起来,"通过艺术而从创造艺术的疲倦中恢复过来"。这不仅说明艺术生生不息,而且背后显然暗示,作者因为看了画,得到营养,而得到鼓舞,相信艺术的价值,从而更加坚定自己从事艺术的信心。

大琉士 ①

诗人斐纳齐斯 ② 正在写
他的史诗的关键部分:
希斯塔斯皮斯之子大琉士
如何接管波斯王朝。
(就是他,大琉士,成了我们光荣的国王
米特拉达梯、狄奥尼斯奥斯和埃弗帕托 ③ 的祖先。)
但这需要严肃认真的思考:斐纳齐斯必须分析
大琉士一定会有的感觉:
也许是傲慢和陶醉?不——更有可能
是对伟大本身的虚幻有了某种洞见。
诗人陷入对这个问题的深思。

但他的仆人跑进来,
打断他,宣布非常重要的消息:
与罗马人的战争开始了;
我们大部分军队已越过边界。

诗人吓呆了。何等的灾难！
我们光荣的国王
米特拉达梯，狄奥尼斯奥斯和埃弗帕托，
现在哪有心情过问希腊诗？
在战争中——想想吧，希腊诗！

斐纳齐斯精心制作了这一切。多么倒霉！
正当他有把握要以《大琉士》来
一举成名，有把握永远堵住
那些嫉妒他的批评家之际。
对他的计划来说，这是何等可怕的打击。

而如果这仅仅是打击，那还不太坏。
但我们真的以为我们在阿米索斯④是安全的吗？
这个城镇防御并不坚固，
而罗马人是最可畏的敌人。

我们，卡帕多细亚人⑤，真的够他们打吗？
这可以设想吗？
我们现在要跟那些兵团较量吗？

伟大的诸神,亚细亚的保护者,帮助我们吧。

但是在他紧张和骚动的过程中
那个诗歌意念始终萦绕不去:
傲慢和陶醉——这当然是最有可能的;
傲慢和陶醉肯定是大琉士所感到的。⑥

---

① 大琉士为波斯国王,在欧洲历史上,他主要以其侵略军在马拉松战役中惨败而闻名。由于大琉士登上波斯国王宝座的真实情况极为模糊和可疑,故斐纳齐斯在处理他的诗时,面临历史真实和心理面貌之间的抉择。
② 斐纳齐斯是虚构人物,背景很可能是公元前74年。
③ 狄奥尼斯奥斯和埃弗帕托都是米特拉达梯四世的别名,也有三者加起来作为全称的,译为"米特拉达梯·狄奥尼斯奥斯·埃弗帕托"。米特拉达梯六世,本都王国国王,吞并若干邻近小邦,在小亚细亚地区与罗马进行三次战争。他在公元前115年与其弟一同登基,后者后来被他所杀。在公元前74年,他挑起第三次与罗马的战争,公元前66年为卢卡拉斯和庞培所败,并被他自己的儿子推翻,后来自杀未遂,命令士兵将自己杀死。
④ 阿米索斯,黑海南岸古王国本都海岸的战略和商业重镇,公元前71年落入罗马人手中。

⑤ 卡帕多细亚，亚细亚中部一个地区，属于本都王国。
⑥ 诗人正在沉思冥想，写其杰作，突然受到重大干扰，战争爆发。但是在惊吓和紧张之后，他又回到他的沉思冥想中。其寓意是，即使如此重大的外部事故，仍不能左右诗人内心的追求。恰如马丁·路德·金所说："即使明天是世界末日，我今天仍要栽苹果树。"

前厅的镜

这座豪华房子有一个很大的镜
在前厅,一个很古老的镜,
至少也有八十年历史。

一个样貌很美的少年——一个裁缝助手
(在星期天是一个业余运动员)①
拿着一包东西站在那里。他把东西
给了屋里的一个人,那人接了过去,
进屋取收据。裁缝助手独自在那里,等待着。
他走到镜前,望着自己②,
整理一下领带。五分钟后
他们给了他收据。他拿了就走了。

但是这个在它的一生中
见过那么多东西的古老的镜
——数以千计的物件和面孔——
这个古老的镜此刻充满欢乐,

骄傲于拥抱了

几分钟的完美。③

---

① 卡瓦菲斯诗中有很多关于美少年或美青年的描写，而且他们多数是贫困的、被社会视为堕落的或下层的。这个美少年也不例外，括号里这句话，点出他美的其中一个原因：肢体健美。

② 表明他爱美。

③ 这里写得很绝，一个八十年的古镜，在一座众人出出入入的大屋前厅，未见过这么完美的人或物，还拥抱了他。我们还可以设想，这是少年站在镜前对自己的美产生自恋，幻想只有镜（暗喻镜中自己）才配拥抱自己；或自己这么完美，可惜只能被一个古镜拥抱。

在戏院

我看着舞台看腻了

便往包厢望去。

在一个包厢里我看见你

俊美异常、青春荡漾。

于是我立即回想起他们在那天下午

跟我谈到的有关你的一切；

我整个身心为之一振。①

而当我痴迷地凝视

你倦怠的俊美、倦怠的青春，

你品位敏锐的衣服，

我头脑里便按照他们那天下午谈起的

你的样貌来想象你。②

---

① 这里既可解读为那天下午我精神一振，亦可解读为此时我看到你，精神一振。

② 此诗说的是想象力的奇妙作用。那天下午听人说起你的美。今

天看到你,你俊美异常,青春荡漾,使我精神一振(但是显然,你的美,你的青春,以及我的兴奋,都已渗透了那天下午关于你的谈话造成的先入之见)。尽管你倦怠,但是我仍能按照那天我对你的样貌的想象,来弥补你的倦怠。想象力和艺术的功效如此匪夷所思,又如此真实!

雅姆［法国］

弗朗西斯·雅姆（Francis Jammes），1868年生于上比利牛斯省山区一个叫图尔奈的小镇，1938年卒于下比利牛斯省的阿斯帕朗。小学时，雅姆的成绩不好。二十岁时，中学毕业会考没通过，同年他深爱的父亲去世，使他心生负罪之感。

1894年，雅姆在洛蒂和马拉美的帮助下出版了诗集《诗》。马拉美在给雅姆的信中这么惊叹："这部精美的诗集极少技巧，运用完美的声音之线，天真而准确。这么僻远，这么孤单,你究竟是怎么把自己做成了这么精美的一个乐器!"从此雅姆认准了这条路:异乎寻常的敏感和灵感所在的直觉。雅姆毕生都忠实于这最初的方向:用温柔、纯洁、幻想和明澈的天真,获得作品的效果。雅姆的重要诗集有《从晨祷到晚祷》《迎春花的哀伤》《天上的林中空地》《基督教农事诗》等。

雅姆从爱出发,做他的一切选择。他曾坦言:"让我有时恨男人的一个原因,就是他们不够纯洁。"但雅姆恰恰生活在一个不仅不够纯洁而且对他怀有敌意的世界上。童年时,城市拒斥他这个小农民;青少年时,他因反抗学校,也被学校一把推开;他只好沉浸到大自然的爱中。当诗歌给他带来名声时,一方面,他赢得了纪德等作家的友谊;另一方面,他又遭到了另一些作家的抨击。

谦卑的雅姆骨子里并非没有骄傲。1926年,他秘密地告诉莫里亚克:"我知道我在法国是什么位置(诗人,我希望):第一。即便我被贬低到最末一位,我对此也坚信不疑。"1920年和1924年,雅姆两次想进法兰西学院,但均受挫。最终,是心灵的朴素使雅姆悟透了这一切。他舍弃了文学能带给他的丰厚收入："天主在我身上的全部工作，曾是逐渐地将我从一切心中拽出来，远离现代生活。我拥有，在这种孤独中，众人期望的一切幸福。"而文学荣誉其实并没有离开他。1937年，也就是雅姆去世前一年，两位大作家克洛岱尔和莫里亚克，趁国际博览会之际，在香榭丽舍剧院为他组织了一场诗歌晚会，取得了巨大的成功。

很早，雅姆就在教堂的肃穆氛围中品尝到了静心默思的滋味。但他也曾失去过虔信。他曾自问："我谈论天主，但是，我相信吗？人们说天主存在或不存在，对我都是一样的，反正村里的教堂温和而灰暗。"究竟是什么使他疏远了教堂？是长久以来人们对信仰的冷淡，尤其是，成长中遇到的巨大困难，和社会生活里随处可见的虚伪。他在信中痛苦地写道："你不知道宗教虚伪是多么让我痛心，它在戕害法兰西。"然而，忘掉天主这一企图很快得到克服。他写信给马拉美："让我们相信天主吧，让我们像你的诗句一样纯洁。"直到1904年10月的某一天，那时他已为同自己心爱的少女成家而苦苦等了三年，而少女的双亲却不答应；撕心的痛苦让雅姆找回了童年时代的祈祷。他决心重新投入天主的怀抱。他写信给他的挚友:"克洛岱尔,我需要天主。"

雅姆的诗,如此善良、纯洁、天真、朴素、虔诚,以致构成了一种独特性。而这种独特性源自诗人的独特的灵性。他的诗句能在读者心中唤起某种罕见的渗入灵魂的温柔。他还有一双画家的慧眼,能抓住一只松鸦在空中划过的眨眼即逝的弧线,能测出景色中阳光的比例。这视觉上的特殊敏感,这心灵中的细腻感动,就构成了外和内;通过内外之间的来回运动,雅姆把不可见的心灵放到可见的文字形象里。雅姆善于把句子的内在节奏先细细捏碎,然后按自己的意愿进行重组。他的诗句常常是蔓延性的,像树干长出枝条又长出叶片一样,让读诗的人乐意在一片阴凉下等待下一句。面对事物沉默着的神秘,雅姆最出色的诗篇几乎抵达了不可能的简单和不可求的自然。

(树　才　译注)

为他人的幸福而祈祷 ①

天主啊,既然世界这么好地做着自己的事情②,
既然集市上膝头沉沉的老马
和垂着脑袋的牛群温柔地走着:
祝福乡村和它的全体居民吧。
你知道在闪光的树林和奔泻的激流之间,
一直延伸到蓝色地平线的,
是麦子,玉米和弯弯的葡萄树。
这一切在那里就像一个善的大海洋
光明和宁静在里面降落,
而树叶们歌唱着在林子里摇晃,
感觉到它们的汁液迎着欢快明亮的太阳。
天主啊,既然我的心,鼓胀如花串,
想迸发出爱和充盈痛苦:
如果这是有益的,我的天主,让我的心痛苦吧……
但是,在山坡上,纯洁的葡萄园
在你的全能下温柔地成熟。

把我没能拥有的幸福给予大家吧,③

愿喁喁倾谈的恋人们

在马车,牲口和叫卖的嘈杂声中,

互相亲吻,腰贴着腰。

愿乡村的好狗,在小旅馆的角落里,

找到一盆好汤,在阴凉处熟睡,

愿慢吞吞的一长溜山羊群

吃着卷须透明的酸葡萄。

天主啊,忽略我吧,如果你想……

但是……谢谢……因为我听见,在善的天空下,

这些将死在这只笼子里的鸟儿

欢快地唱着,我的天主,就像一阵骤雨。④

---

① 雅姆共写过 14 首祈祷诗,这是第 1 首,后面依次是第 6、第 8、第 13 和第 14 首。

② "事情",一般都是人做的,由人来完成。但在天主教传统的西方,上帝创造一切,包括世界和人。雅姆在这里把"世界"视作一个人:他做着"自己的事情",而且做得很好。开篇第一句,诗人就拉近了这个"世界",让读者感到无比亲切。

③ 这句诗,如果分析一下,它是悖论的。一个人不能把他"没能拥有"的东西给予别人。但诗人说的是"幸福"(它更是非实体的幸福感)。诗人这么写,是为了强化他蕴含在"祈祷"声中的无私内心!诗的感人之处,并非逻辑之真实,而是祈祷之真切。

④ 诗人在"天主"面前,请求被"忽略"。这是怎样的谦卑!如果没有宗教情感,就很难领会这份谦卑了。悲心透着喜悦,这些鸟儿,尽管"将死在这只笼子里",但仍然"欢快地唱着",就像从天而降的"一阵骤雨"。

为爱痛苦而祈祷

我只剩下我的痛苦,而我不要别的。①
她曾经忠诚,现在也忠诚于我。
为什么我要恨她,难道是因为,
当我的灵魂捣碎我的心尖时,
她坐在我的身边?
呵痛苦,瞧,最终,我尊重你,
因为我相信你永远都不会离开我。
啊!我认得她:你因为在而美丽。②
你同他们一样,从不离开我可怜的
黑色的心灵之火的忧伤角落。
呵我的痛苦,你比情人更好:
因为我知道,我临终那一天,
你会在那里,躺在我的毯子下面,
呵痛苦,你还在试着进入我的心。③

① "只剩下……",这个句式表达了可怜。"……不要别的",这个句式就很骄傲了。下半句和上半句,多么强烈的对立!对立之法,诞生张力。是的,诗人只要"痛苦"。对诗人来说,痛苦才是诗的源泉!

② 这里的"在",既是"在场",也是"存在",是存在之"在"。因为有肉身,所以活生生。"美丽"是活生生的。诗人最渴望这种美,就在眼前,看进心里。

③ 这一句真是把"痛苦"写活了!诗人一生,痛苦一世。所有痛苦都想住进"心"里。怪不得诗人慨叹"你比情人更好"!情人未必伴着诗人"临终",但痛苦肯定在场。

为同驴子一起上天堂而祈祷

该走向你的时候,呵我的天主
让这一天是节庆的乡村扬尘的日子吧。
我希望,像我在这尘世所做的,
选择一条路,如我所愿,上天堂,①
那里大白天也布满星星。
我会拿好手杖,我将踏上一条大路,
并且我会对驴子,我的朋友们,说:
我是弗朗西斯·雅姆,我上天堂去,
因为在仁慈的天主的国度可没有地狱。
我会对它们说:来吧,蓝天的温柔的朋友们,
亲爱的可怜的牲口,耳朵突然一甩,②
赶走那些蚊蝇、鞭打和蜜蜂……

愿我出现在你面前,在这些牲口中间
我那么爱它们因为它们温驯地低下头
一边停步,一边并拢它们小小的蹄子,
样子是那么温柔,令你心生怜悯。

我会到来,后面跟着驴子的无数双耳朵,

跟着这些腰边驮着大筐的驴子,

这些拉着卖艺人车辆的驴子

或者载着羽毛掸子和白铁皮的大车的驴子,

这些背上驮着鼓囊囊水桶的驴子,

这些踏着碎步,大腹怀胎的母驴,

这些绑着小腿套

因为青色的流着脓水的伤口

而被固执的苍蝇团团围住的驴子。

天主啊,让我同这些驴子一起来你这里。③

让天使们在和平中,引领我们

走向草木丛的小溪,那里颤动的樱桃

像欢笑的少女的肌肤一样光滑,

让我俯身在这灵魂的天国里

临着你的神圣的水流,就像这些驴子

在这永恒之爱的清澈里

照见自己那谦卑而温柔的穷苦。

① 这句诗,我是据实译出,句式、标点,都依从法文。读来倒也自然,合乎口语节奏。上天堂,哪有路啊?灵魂可是飞升上去的。但雅姆就能这么"天真",仿佛真有一条路,只要他选择了,就可以送他"上天堂"。

② 雅姆上天堂,驴子是伙伴。雅姆就这样表达对驴子的爱。这一句生动,写出了细节,"耳朵突然一甩"……雅姆把驴子唤作"亲爱的可怜的",因为毕竟是牲口,命运不由自主。所以雅姆才要带它一起上天堂。

③ 雅姆又在恳求上帝了!他也是向自己的内心恳求,因为上帝就在他心中。上帝占据着他的那颗良善之心。他把驴子的生活描绘得多么温柔!让人心生怜爱。这一声恳求从诗人心底生起,读者听见了;我相信,上帝也听见了。

为承认无知而祈祷

下来吧,下到你的简单里来。①
我刚才看见胡蜂在沙里劳作。
像它们那样劳作吧,呵我患病的温柔的心:乖,
像天主吩咐的那样去完成你的义务吧。
我曾经充满骄傲,而它毒害了我的生活。
我曾以为我与众不同:但是,
现在我懂了,我的天主,我只是
重新写下亚当和夏娃以来
人们发明的那些词语,在天堂深处
亚当和夏娃出现在光的巨大果实下。
天主啊,我同那最谦卑的石块是一样的。
看吧:草是宁静的,而沉甸甸的苹果树
俯身泥土,颤抖着,充满了爱。②
从我的灵魂中拿掉吧,既然我如此痛苦,
拿掉那把自己想成是天才创造者的骄傲吧。
我什么也不懂。我微不足道。我只想
看到,时不时地,一只鸟巢

在一棵玫瑰色的杨树上摇晃,或者,

一个脚上闪烁着伤口的穷人从白色道路上走过。

天主啊,从我身上拿掉毒害我的骄傲吧。

呵!让我同这些单调的绵羊一样

它们谦卑地走过秋天的忧伤

在染绿了篱笆的春天的节日。

当我写作时让我的骄傲消失吧:③

让我对自己说,瞧,我的灵魂

是整个世界声音的回响,我温和的父亲

曾耐心地教给我语法规则。

荣耀是徒劳的,呵天主,天才也一样。

它只属于你,是你把它赐予众人

像黑色枝桠间一只夏天的飞蝗。

让我在今天,从我的桌旁起身时,

同那些人是一样,通过这美丽的星期日,

他们将到谦卑的白色教堂里,到你的脚下,

吐露他们简朴的无知那朴素而洁净的祈愿。

① "下来吧",三个字,一个祈使句!从哪里下来?从高处,从人们自以为是的高处,从人们的骄傲之处。不下来,我们就回不到"简单"。在所谓的高处,人心怎么会简单呢?"下来"与"简单",它们本来就连在一起。

② 诗人从自以为"与众不同"的那份骄傲中"下来"了!他明白自己同"最谦卑的石块是一样的"。石块般坐定后,诗人看见了草,看见了苹果树——俯身泥土,"充满了爱",因为浑身都挂着果实。

③ 诗人懂得,他只是写下从亚当夏娃以来"人们发明的那些词语"。这里,他直指诗人的隐秘骄傲:写作。实际上,在写作时,诗人是被"词语"创造的。承认了"无知",才是真的有所"知",这里回响着苏格拉底的人生。

为最后一个愿望而祈祷

有一天我能不能,我的天主,像一支浪漫曲里,

领我的未婚妻到白色的婚礼前,

踏着被夏天染成银色的树林的苔藓?

孩子们在大花环下跌跌撞撞地跑着,

跟随衣着朴素的温和的祖父们。

一种大宁静在真挚的额头的四周,

而衰老的妇女们秘密地玩着

她们短上衣那些长长的金链。

厚实的小榆树丛里,山雀因心灵

那天真的感动而歌唱。

我只是一个谦卑的手艺人,而不是诗人。①

我将挖开那芳香的玫瑰色山毛榉木头,

而我的妻子将温柔地在窗旁缝纫,

在旋花的蓝色下坠中,胡蜂,

热烈地飞翔着,嗡嗡作响。

我厌倦了复杂而博学的生活。②

我的生命,呵天主,为了你,将成为住持教士,

而我的日子将从我欢乐的刨子下度过

应和着天上盛开的星期日的钟声。

我会对孩子们说：给乌鸦喝点水，

等它会飞时我们就放飞它，

好让它生活在绿色的珍珠中间，

是骤雨哗笑着，把这些珍珠放进榛树。

我会对孩子们说：这是新的一年；

今晚，该给颤巍巍的奶奶写封信

奶奶会俯下硬朗、发亮而起皱的额头，

阅读小孙子们写下的美好的字眼。

我的生命将无声无息，我的死亡将没有荣耀。

我的棺材将是简单的，同村里人在一起

同小学校里穿白衣服的孩子们在一起。

只有我的名字，呵我的天主，在朴素的墓碑上，

指示我的孩子们，他们可以在那里祈祷。

呵我的天主，如果某一天有一位诗人

来村子里打听我的下落，③

请这样回答他：我们可不知道。

但是如果……（呵！不，我的天主，别拒绝我）

有一位女子来问哪里是我的坟墓

为了把她知道名字的花放到墓前，
请让我的孩子中的一个站起身来，不要询问，
哭泣着把她领到我长眠的地方去。

---

① 雅姆就是这么一个"手艺人"！他写出了至真、至纯的朴素诗句。诗人，多么高贵的称呼！雅姆不认为自己够着了它。但雅姆是。他不是够着的。他就是。

② "厌倦"得好！但厌倦之前，是很深的执着。复杂，正是成年人世俗生活的特征。博学，正是聪明心智的荣耀。但这些都与诗无关。这些东西压迫着心，甚至会窒息诗。

③ 这是诗人"死后的想象"。诗人就是死后还在想象的人。想象力让诗人活着，死后还活着。好诗就这样一代一代传承下去。多美的想象啊，"另一位诗人"来打听他的下落。雅姆把他视为亲人中的亲人！是雅姆的诗魂把他召唤来的。

史蒂文斯［美国］

华莱士·史蒂文斯（Wallace Stevens）1879年10月2日出生于美国宾夕法尼亚州的雷丁。他曾在哈佛大学读过非学位的课程，其间他与西班牙哲学家桑塔亚纳成为诗友，互相交换各自的十四行诗。之后史蒂文斯到纽约市居住，担任过短期的记者工作。随后便进入纽约法学院学习，并于1903年毕业。他先是在纽约的几家公司担任律师和副总裁。1916年，他和妻子放弃了纽约格林威治村的自由生活，来到康涅狄格州的首府哈特福德。他下半生都住在哈特福德，在哈特福德保险集团工作了三十九年。1934年起直到他1955年去世，他一直是哈特福德事故与赔偿公司的副总裁。他去世的时候，他的保险业同行大多根本不知道他是一个诗人。

史蒂文斯尽管生活枯燥乏味（他甚至在获普利策奖之后婉拒了哈佛大学的教职），却不乏诗人的感性特质。1936年，史蒂文斯在一次聚会上和海明威大打一架，在拳击海明威下颌时伤了自己的手，最后还被海明威打出门。史蒂文斯还特别爱和另一位诗人弗洛斯特争吵，尤其是在酒后。史蒂文斯终生喜爱异国艺术收藏，也通过邮寄搜集各类美食。不过，除了佛罗里达南部和古巴之外，他很少远足，造访最多的还是纽约（因为离哈特福德不远）。每天早晨，史蒂文斯从家里步行两公里到他的办公室，晚上再步行回家。这段路程也是他冥想构思诗作的路程。

史蒂文斯三十五岁才第一次公开发表自己的诗作，直到1923年他四十四岁时才出版了第一部诗集《风琴》，只卖出了不到一百本，并且由于对诗学语言的关注被批评为缺乏道德意味。1935年史蒂文斯出版了第二部诗集《秩序观念》，也遭到批评说无视当时的政治形势与社会矛盾（尽管史蒂文斯本人在当时具有社会主义思想，但他并未公开表达）。从

1940年代开始，史蒂文斯的创作力更加旺盛，比起早年的语言游戏来，更面向某种玄思和抽象的风格，实践了一种审美哲学。比如他提出"恶的美学"，把美的概念同恶联系在一起。在史蒂文斯的诗歌创作生涯里，始终关注的问题是如何思考宗教感失去后的当今世界。史蒂文斯可谓典型的冥想型诗人，现实本身成为想象的产物。在他看来，理解现实就是通过积极的想象实践来建立一种世界观。他的诗始终探索的是创造性的想象与这种创造所彰显的世界之间的关系。因此，无论是现实生活，还是自然意象，或是隐喻本身，所有的特性都是史蒂文斯诗歌冥想的对象。

他的许多代表作都是在五十岁左右才写成的。1946年他被选入美国国家艺术文学院。1950年他获得博林根诗歌奖。1955年，也就是史蒂文斯去世的那年，他前一年出版的《诗选》获得了普利策奖和国家图书奖，才使他成为广为人知的诗人。哈罗德·布鲁姆称史蒂文斯为那个时代"最好的，最有代表性的"美国诗人。

(杨小滨　译注)

钢琴旁的彼得·昆斯 ①

1

正如我的手指在琴键上
弹奏音乐,同样的声音
也在我精神里弹奏一支乐曲。

那么,音乐是感觉,而不是声音;
于是我所感觉到的,
在这间屋子里,欲望你的,

想你蓝影丝绸的,
是音乐。就像苏珊娜身旁
在长者们中间唤醒的乐曲。②

在绿色夜晚,清澈而温暖,
她在安静的花园里洗浴,当
红眼的长者们观看,感到

他们生命的低音搏动在

魅惑的和弦上,而他们淡淡的血

脉动着颂歌的拨奏曲。③

2

在绿水里,清澈而温暖,

苏珊娜躺着。

她寻觅

泉水的触摸

发现了

隐秘的想象。

她叹息,

为这么多的旋律。

岸上,她站立

在耗尽了情感的

凉意里。

她感到,在树叶间,

古老虔诚的

露滴。

她走上草地,

仍旧颤栗。

风像她的侍女们,

以羞怯的步履,

取来她织好的披巾

却摇动着。

她手上的一阵呼吸

让夜晚静下来。

她转身——

锣钹震响了,

还有喧闹的号角。

3

接着,在一阵铃鼓般的响声里,

来了陪伴她的拜占庭人。

他们不知苏珊娜为什么哭

对着她身旁的长者们;

当他们私语,说得喋喋不休
有如雨掠过一株柳树。

不久,他们高举灯火
照亮了苏珊娜和她的私处。

这时,那些傻笑的拜占庭人
逃走了,在一阵铃鼓般的响声里。

4
美在心里是瞬间的——
入口处的间歇追踪;
但永恒于肉身中。
躯体死去,躯体的美活着。④
那么夜晚死去,在它们绿色的过往,
一阵波浪,无尽流溢。
那么花园死去,它们温驯的呼吸散发
冬日僧袍的气味,结束忏悔。
那么少女们死去,向着曙光

庆典，一次少女们的合唱。
苏珊娜的音乐触碰了那些白色长者的
淫猥琴弦；但，逃逸中，
只剩下死神冷嘲的刮擦。
现在，在它的永恒里，它拉奏在
她清晰记忆的六弦琴上
奏出坚定的赞美圣礼。

---

① 彼得·昆斯是莎士比亚的戏剧《仲夏夜之梦》中的人物，一个木匠，也是六个组成剧团的工匠之一。本诗标题营造了工匠的粗手弹奏琴键的喜剧效果。

② 苏珊娜的故事来自《圣经·但以理书》：漂亮的希伯来少妇苏珊娜在花园里沐浴时被两个长者偷窥。

③ "搏动""脉动"和"拨奏"暗喻了性的悸动，但被描绘成神圣的，是一种"颂歌"（Hosanna）——这个富于宗教含义的词也和性感的苏珊娜（Susanna）的名字相呼应。

④ 和唯心主义的哲学理念相反，史蒂文斯相信美依旧活在躯体里，而不是心中的抽象概念。

看黑鸟的十三种方式

1

二十座雪山间,

唯一在动的东西

是黑鸟的那只眼睛。①

2

我有三种心意,

像一棵树

其中有三只黑鸟。②

3

黑鸟在秋风里回旋。

这是默剧的一个小片段。③

4

一个男人和一个女人

是一个。

一个男人和一个女人和一只黑鸟
是一个。

5
我不知道更爱哪个,
是曲折之美
还是暗讽之美,
是黑鸟吹着口哨时
还是之后。④

6
冰柱用野蛮的玻璃
填满长窗。
黑鸟的影子
来回掠过。
心情
在影子里追踪
无法破解的原由。

7
哦哈达姆的瘦人们，
你们为什么想象金色的鸟？
难道你们没有看见
这只黑鸟如何绕行于
你们周围那些女人的脚？

8
我知道高贵的口音
还有清澈、逃不走的节奏；
但我也知道
黑鸟牵涉在
我所知道的之内。

9
黑鸟飞出视线时，
标出许多
圆圈中的一个边缘。

10
见到黑鸟们
飞在绿光中,
甚至悦耳的鸨母们
也会尖叫起来。

11
他坐在玻璃马车里
驶过康州。
一次,恐惧刺入他,
因为他把车马的影子
误认成黑鸟。

12
河在动。
黑鸟一定在飞。

13
整个下午都是晚上。

在下雪

还会下雪。

黑鸟坐在

雪松的肢体间。

---

① 这首诗在很大程度上依赖于画面感,而画面的简洁也相应于诗行的短小(史蒂文斯有意接近了俳句的形式)。

② 内在的心情与外在的世界可以互相对应,而这种对应有时几乎是随机的。

③ "默剧",强调了画面自身的力量,不需要任何多余的台词。

④ 美,可能是多重的,多面向的;人之所爱也可能是多向度的。

不是有关事物的观念而是事物本身 ①

在冬天最初的结尾,
三月,从外面一声瘦削的叫喊
仿佛他心里的一种声音。

他知道听到了,
一声鸟的叫喊,在黎明或更早,
在三月初的风中。

太阳六点升起,
不再是雪上烂糟糟的羽饰……
应该是在外面的。

不是从睡眠的褪色纸版上而来的
广袤的腹语术……
太阳是从外面来的。②

那削瘦的叫喊——是

一个合唱队员的 C 先于合唱队。

是巨型太阳的一部分。③

被环形合唱队围起，

依旧很远。就像

现实的一种新知识。

---

① 本诗的标题可谓概括了诗的用意：史蒂文斯的诗学往往聚焦在具体感性事物对抽象知性概念的覆盖上。诗中强调了声音和色彩的作用。

② 这首诗里选取的意象都是会消失或可隐蔽的："太阳"和"黎明"（夜晚时分是看不见的）、"叫喊"（可以压抑在情感里）、"腹语"（可以藏在肚子里）、"雪"（融化后就不见了）、"睡眠"（醒来就结束了）……以此强化对感性事物的敏锐捕捉。

③ 这一节也强调了单个的感性力量先于群体，部分的力量先于整体。合唱的群体和太阳的整一感相呼应。

取代一座山的诗 ①

就在那里,字字相同,
取代一座山的诗。

他呼吸着它的氧,
即使书翻在桌子的灰尘里。②

让他想起他曾多么需要
一个地方,来走往他自己的方向,

他如何安慰松树,
移动岩石,在云里找到他的路,③

为了会是正确的外观,
他在那里会完整于一种无法解释的完整:

准确的岩石,他的不准确在那里
最后会发现渐渐靠近的视野,④

他会在那里躺下,俯视着大海,

认出他唯一而孤寂的家。⑤

---

① 如果说史蒂文斯大部分的诗都在表达具体世界的可感,那么这首诗给读者的是这种可感如何可能从客观世界转移到文本世界。一首诗是否可能取代外在世界变成可感性的源泉?

② 文本即使蒙上灰尘,我们也能呼吸到它的氧气,意味着也能体会到它自己的生命。

③ 能够"走往他自己的方向"的,可能属于诗人的私人领域——在那里诗人可以"安慰松树,/移动岩石,在云里找到他的路",也就是把诗当作取代了具体自然景物的场所。

④ 在"无法解释的完整"那里的"完整"、在"准确的岩石"那里的"不准确",意味着诗人从诗的暧昧中获取着对客观世界无法完全理解或无法完全合一的感受,但仍然可以发现一种独特的视野。

⑤ 在诗的风景里躺下,也许是孤寂的,但也获得了某种在家的感觉,是一种"诗意的栖居"。

日照中的女人

只是这温暖和运动像
一个女人的温暖和运动。①

不是空气中任何形象
既非一种形式的开始亦非结尾:

是空的。但一个穿着无丝金衣的女人
以她裙衫的拉绒灼烧我们 ②

还有一种分离了的丰富存在,
为她自身而更确定——

因为她脱离了肉体,
散发夏日田野的气味, ③

吐露缄默而疏远的,
无形中清晰的,唯一的爱。④

① 把从大自然的温暖和运动而来的感受联系到从女人那里而来的温暖和运动,给予世界一种更加感性的色彩。

② 但同时这种温暖或运动又不具有任何实体的形态——可能仅仅是某种包装下的空洞异性,但又的确给予我们可感的灼热。

③ 女性的肉体再次联接到最具感性的大自然的气味上:即使她的肉体升华,但肉体的气味依旧不会离去。

④ 因此,在这首诗的结尾,她即使作为一种气味的存在,也还是"唯一的爱"——性感和情感于是紧密相连。

穆尔［美国］

玛丽安·穆尔（Marianne Moore），1887年11月15日出生于美国密苏里州的柯克伍德，1972年2月5日卒于纽约。父亲是一位工程师与发明家，但在穆尔出生前就精神崩溃而离家。穆尔有一个哥哥，兄妹俩跟随母亲在长老会牧师的外祖父家长大。外公去世后，母亲带着兄妹迁居宾州的卡莱尔，以教英语谋生。1905年，穆尔入读宾州的布林马尔学院。毕业后她又在卡莱尔商学院学习了一年。起初，她选读了英语与法语作为主科，但成果不大，于是把精力与时间花在了生物学上，这为她后来在诗中细致、生动地描绘动物打下了良好的基础。此后直至 1915 年，穆尔都在卡莱尔的美国印第安学院教授商业学课程。

早在大学期间，穆尔就在学校杂志上发表诗作。意象派诗人 H.D. 是她的同学和朋友。H.D. 在穆尔不知情的状况下，把她的诗篇整理成册，出版了穆尔的第一本诗集，使穆尔惊喜异常。但真正把穆尔介绍到诗坛的是哈丽特·门罗的《诗刊》。该刊 1915 年 5 月号发表了穆尔的五首诗，随即实验性的小杂志纷纷向她敞开大门，使穆尔得以以诗歌革新者的姿态，与史蒂文斯、艾肯和 W.C. 威廉斯等人在内的一批新诗人来往。

1916 年穆尔的哥哥约翰从耶鲁大学毕业后，被任命为基督教长老会牧师，在新泽西州查塔姆供职。穆尔和母亲也迁居到那里，和他生活在一起。一战爆发后，约翰当海军随军牧师。穆尔和母亲移居纽约格林威治村，直至 1929 年。其后迁至布鲁克林，约翰已在布鲁克林海军造船厂工作。她与母亲和兄长亲密地生活在一起，使她感到温暖和幸福。1947 年，穆尔的母亲逝世，她一直在布鲁克林住到 1966 年才搬到曼哈顿。相对而言，诗人穆尔的生活平稳而单纯，几乎没有太大的坎坷与颠簸。

1924年，穆尔的第二本诗集《观察集》由日晷出版社出版并获日晷奖。《日晷》是一本很有影响的文学与文化刊物，1920年以后成为美国促进现代文学艺术运动的最著名文学月刊。1925—1929年间，穆尔担任《日晷》杂志的主编，这一职位不仅让她有了与文学界名人打交道的机会，而且也令她履行了类似庞德的位置，成为诗歌的守护人，受到她激励与提携的年轻诗人包括伊丽莎白·毕晓普、艾伦·金斯堡、约翰·阿什伯利、詹姆斯·梅里尔等。1933年，穆尔荣获海伦·海尔·莱文森诗歌奖。1935年出版《诗选》，T.S.艾略特为穆尔作序。

从1936年至1949年，穆尔出版了几本小诗集《鲮鲤及其他》《何年》《然而》和《面孔》。1951年《诗合集》出版并获得普利策奖、国家图书奖和伯林根奖，使她在诗坛名声大振。穆尔成为纽约文学圈中的名人，她参加拳击比赛、棒球竞赛以及其他公共活动，穿着后来成为她标志性的制服，三角帽和黑斗篷。她特别喜爱运动员，无比崇拜穆罕穆德·阿里，并为他的"说话影集"《我是最棒的!》撰写了说明文字。穆尔持续其诗歌写作的活力直至晚年。1967年《诗全集》面世，她在扉页上别出心裁地写下"删减并非随意"之句，并在书后附上单篇诗引文的出处。

穆尔的诗以反讽与智性见长，在早期写作中，她强调对秩序和英雄主义的向往，之后她强调对上帝的仁慈与爱的信仰需求。她在作品中暗示：一个人要生存下去，必须反应敏捷、遵纪守法并小心谨慎。她喜欢带着幻想的意味描绘动物和运动员的特征，并把这两者都看成艺术对象和艺术典范。

（周　瓒　注）

诗

我也不喜欢这东西：有比弹琴重要的事。
可是，读它，带着十足的鄙视读它①，你会发现
其中有真实的一席之地。
能攫取的手，能
扩大的眼，必要时能直竖的
头发，这些东西之重要，并非因为

能安上冠冕堂皇的解释，而是因为它们
有用②。如果说它们演变太多，难以辨认，
那么我们人人如此，我们
无法欣赏那些
我们不理解的事③：蝙蝠
头朝下倒挂，或是

捕食，大象推挤，野马打滚，狼不疲倦地
守在树下，而永不动情的批评家抽抽皮肉，就
像一匹马被跳蚤咬一口，垒

球迷,统计家——

看不起"公文

与课本"是行不通的;这些现象全重要,但是

必须区分清楚:当半瓶醋诗人把诗硬抬上

显赫地位,诗就不成其为诗 ④

而且,除非我们中的诗人能成为

"想象的

文字表达者"——超越了

傲慢或无聊,并且能够写出

想象的花园,里面有真正的蟾蜍 ⑤,供人检验,只

有这样我们才会

有诗。同时,如果你一方面要求

诗的新鲜原料保持

其新鲜,又使它

保持真实,你就对诗真感到了兴趣。⑥

(赵毅衡 译)

① "不喜欢""带着十足的鄙视读它",显示了一种反讽的态度。

② 因为其中有"真实",故"有用"。

③ 诗的真实并非简单的,可以一眼望穿的,就如同每个人(的真实)一样。"欣赏"与"喜欢",都必须建立在"理解"的基础上。

④ 这些现象都可以是诗的原料,但不能加工太过,就像半瓶醋诗人那样。

⑤ "想象花园里的真实蟾蜍",这是穆尔有关诗的定义的名句,她强调了诗的想象性与真实性并存的重要。

⑥ 如果一个人热爱丰富多彩的想象并追求真实,那就可以说,他/她对诗有了兴趣了。

致长颈鹿

如果个性化是不允许的
甚至是致命的,而写成文字

是要不得的——也是有害的
如果眼睛都并非无罪——① 岂不是说

一个人光靠只有高个儿野兽
才能够到的树顶嫩叶就能活下去?②——

长颈鹿是个儿最高——
这种沉默寡言的动物。

一旦把它情绪搞坏,
也会变得凶恶之极。

甚至无法阻挡它;
更确切说,变得非常例外,③

因为比起那些感情打结的动物④，
它本来是生性沉默。

总而言之
玄学的安慰
可以是深刻的⑤。在荷马看来，存在

总有缺陷；超越要有条件；
"永恒的只是从罪孽到赎罪的历程。"

（赵毅衡　译）

---

① 克制的、思辨性的开头，包含着有关感情与诗歌的沉思主题。
② 这个联想看起来有点突兀，反问句表示否定之意，可以发现诗人执着于思考人的精神性。
③ "例外"是否是一种"个性化"？
④ "感情打结的动物"，反讽性地暗示人类。
⑤ 智性活动是人类的一种丰盈深厚的情感呈现，故称得上安慰。

什么是岁月?

什么是天真无邪?
什么是罪孽?一切皆是
赤裸,无物能够安全。勇气
从何而来:没有回答的问题,
坚定的怀疑——
哑嗓的叫喊,聋耳的倾听——①
在不幸时,连死亡
也能鼓舞旁人
在失败时能激励
灵魂坚强起来?那些
接受死亡的人,
看得深,心境愉快
在其幽禁中,超脱于
自身之上,就像
深渊中的海水,奋身
求解脱,它无法成功,
但在其失败之中

找到继续奋斗的力量。②

因此，感受强烈的人
懂得如何行事。③鸟唱歌时
就长高，使自己的身形
坚强起来。哪怕他是俘虏，
他那强有力的歌唱
说出真理，满足是低卑的，
快乐多么纯粹。
这就是死亡，
这就是永恒。④

(赵毅衡　译)

---

① 悖谬性的想象显示出思考的辩证特征。
② 人生在世必须面对必死的事实，用接受失败来比喻人面对死亡的态度，体现了活下去的积极精神。
③ 这一句在前面的诗句所显示的积极人生态度上更提高了一个层次，回到人的感受性中，挖掘出岁月之所以恒久的动力源。
④ 对死亡与永恒的肯定，离不开"强有力的歌唱"和"说出真理"及追求纯粹的"快乐"的人生。

贪婪和真理有时相互作用

我不喜欢钻石;

翡翠色的"灯光草"要更好;

而得体的谦逊,

使人眼花缭乱。

一些感谢令人难堪。①

诗人们,不要大惊小怪;

大象"弯曲的小号""的确在书写";②

我正在读一本老虎之书——

我认为你知道这一点——

我承担着义务。

一个可能被赦免,是的,我知道

一个可能为爱而永恒。③

(倪志娟　译)

① 比较钻石和"灯光草",带出背后所呈现的人类的价值观,而诗人自己又挖掘和增加了不同的审美观。

② 由大象鼻子的形状联系到写作行为,生动又幽默,继而联系到阅读"老虎之书",穆尔似乎说明她对写作与阅读都承担着义务。

③ 丰富的想象力中透出哲思,这是我读穆尔诗歌最突出的感受。

精神是一个迷人的东西

是一个有魔力的东西
就像纺织娘
翅上的釉
被太阳照射出
无数格子。①
就像吉塞金演奏斯卡拉蒂②

就像无翼鸟锥形的
喙,或者
几维鸟③毛茸茸的
羽毛雨披,精神
虽然盲目却能感知它的方向,
眼睛盯着路面,一路走来。

它有记忆的耳朵
不需要刻意听
就可以听见。

就像陀螺降落,

真正的模棱两可

因为压倒一切的确定性保持着它的平衡,④

它是一种功率强大的魅力⑤。它

就像鸽子的

脖颈,在太阳下

生机勃勃;它是记忆的眼睛,

它是诚实的冲突。

它扯掉面纱;撕去

心灵眼⑥中的

诱惑

和薄雾——如果心灵

有一张脸的话;它剖析

沮丧。它是鸽子脖颈上

彩虹色的火焰;是斯卡拉蒂似的

冲突。

清晰提交它的混乱

作为证据;它

不是希律王不可被更改的誓言。

(倪志娟 译)

---

① 纺织娘,一种昆虫,热爱生物学的穆尔在描绘自然界的动植物时总是表现出细致的观察与想象。
② 沃尔特·吉塞金,法国钢琴家。D. 斯卡拉蒂,意大利音乐家。
③ 几维鸟(Apteryx oweni),新西兰的稀有鸟类。体大如鸡,翼与尾均退化,喙长而微弯,鼻孔位于喙的尖端(此点与众不同)。夜出挖取蠕虫等为食,白天钻入地面的洞穴或树根下隐藏。叫声有如尖哨声,并常发出"kiwi"声,故名几维。
④ 用几维鸟作比喻,从视觉、听觉、平衡性的角度描绘精神的特征。
⑤ "一种功率强大的魅力",诙谐而生动,仿佛充满魅力的精神是一台机器。
⑥ 此诗中,三处用了"眼睛"作为比喻,"盲目""记忆的眼睛""心灵眼"等,可以说,"眼睛"是这首诗的诗眼。

安德烈耶夫 ［俄罗斯］

丹尼尔·列昂尼德罗维奇·安德烈耶夫（Daniil Leonidovich Andreyev），1906年11月2日出生于柏林，父亲是著名的小说家。自童年起，安德烈耶夫就尝试着写诗和散文，对神秘主义和科幻小说表现出超乎其年龄的浓厚兴趣。十五岁那年，他梦见在人间的克里姆林宫之上另有一个天上的克里姆林宫，或许自此就已开启了诗人探索奇迹的兴趣。中学时代爱上一位名叫加丽娅的姑娘，为她写过组诗《月亮石》。由于是沙俄时代"非无产阶级"作家的后代，安德烈耶夫被剥夺了进大学深造的机会,无奈之下,他只好到文学高级研修班学习。结业以后,他找了一份装潢设计的工作。这份工作为他提供了微薄的生活保障,他的业余时间几乎都用来投身于文学,创作就是他生活的内容、生活的意义。

不过,在当时的大背景下,安德烈耶夫那些有浓厚的宗教色彩和神秘主义特征的作品基本无望发表。那些公开出版物没有发表过他的任何一行诗歌。他只能在一个小圈子里朗读自己的诗歌与小说片段。这样的状况一直持续到六十年代,他的诗歌才零星地出现在《星》《新世界》《涅瓦》等少数报刊上。作为诗人,丹尼尔·安德烈耶夫似乎迄今尚不为多数人知道,他的作品也仅有少量得以出版。

卫国战争爆发以后,安德烈耶夫创作了组诗《琥珀》和长诗《日耳曼人》,同时把撰写中的小说手稿埋在地下,随即应征入伍。1945年,安德烈耶夫退役,在一家博物馆担任美工设计。1947年4月21日,安德烈耶夫被国家安全组织逮捕,罪名是"从事反苏宣传,组织反苏维埃的秘密团体,阴谋刺杀斯大林"。经过长达半年的审讯后,被判处二十五年监禁,当时的苏联曾短期废止过死刑,这意味着已是最高的惩处。他的妻子阿拉也遭到逮捕并被关进了摩尔达维亚的劳改营。

他在监狱里从不愁眉苦脸,而且还时不时地会给难友们来点小幽默。正是在被囚禁的日子里,他开始着手写作三部曲《俄罗斯诸神》《残酷的神秘剧》和《世界的玫瑰》部分手稿。后来,诗人凭借记忆还原了其中的少数诗歌,但那部描写俄国知识分子从精神的层面对抗恐怖的深夜的小说却永远地失去了出版的可能。

1954 年,安德烈耶夫的案子得到了复审。在复审中,诗人声称:"我不想杀死任何人,我请求就这一点重新审理我的案件。但是,只要在苏联没有良知的自由,没有言词的自由,没有印刷的自由,我请求完全不要把我看成是苏联人。"这番话让法官觉得(他)是一个疯子,后刑期缩短为十年。他在狱中继续写作,但在狱内搜查时两次毁弃过手稿。同牢的难友千方百计地帮助他收集可以写作的小纸片,为他保存手稿。1953 年,他完成了《列宁格勒启示录》。1957 年 4 月,重病在身的诗人获得了自由。出狱时,监狱长不知出于什么动机，竟然还给了他一大口袋草稿。同年 6 月，获得彻底平反。两年后，1959 年，安德烈耶夫得到了公用套间里的十五平方米小屋。3 月 30 日，在莫斯科去世，被埋葬在新处女公墓，与母亲和外祖母毗邻，这是他的父亲列昂尼德在革命前为自己选定的墓地。

安德烈耶夫逝世以后，俄罗斯当代著名诗人杜金高度评价道："丹尼尔·安德烈耶夫的遗产奇迹般地出现，又奇迹般地保存到我们这里，值得俄语文化的继承者给予足够的精神重视。这份遗产是从过去、从痛苦的黑暗深渊中迸发出来的，它以灿烂的真理之光击打我们忧心、希望和醒悟的日子。它努力要帮助——而且正在帮助我们。"

(汪剑钊　译注)

日复一日

日复一日……琐事，寂寞，烦恼，
还有那些书本智慧的碎片。①
日子掉落如霰弹，忧愁之音调
无法盖过它们致命的叩击声。

整个生命如同一场细雨。只是在唇边的和撒那②。
我不会后退，也不会向前追赶。
对于像我那样的人，约翰③的鄙视——
既不算冰冷，也不热烈。④

---

① 生活是琐细的，同时也充满了智慧的小碎片。
② 古希伯来语，意为"求你施救"。基督教徒现在用来作为"赞美""祈福"的祷词。
③ 耶稣十二门徒之一，早年性格暴躁，后以仁爱著称。
④ 生命或许真的如一场细雨，既不冰冷，也不热烈，平平淡淡的。

秋天！自由！

秋天！自由！①……枯干麦茬田的视野。
秋天……森林裸露的骨骼……
乡村墓地的风逗弄着荨麻
　　　耽误了
　　　　　曙光的期限。

皱眉的炊火，仿佛冻结的夕光
在树木低矮的额头下，闪现于隐蔽的农舍，
太阳在不祥的夕晖中逐渐冻僵，
　　　无家可归的
　　　　　白昼正在离开。②

拖拉机停息。没有歌声，没有镰刀响。
在流浪的路上有一团黏稠的黑泥……
孩子们在温暖的门槛旁玩耍，
　　　打着哆嗦的
　　　　　公狗在狂吠。

祖国！祖国！你的秋天多么寒冷——③

沿着空旷大道穿过村庄，漫无目的，

在十月早来的暴雪的飞絮中凝固……

  我孤独，

    恰似你也孤独。④

---

① 秋天是收获的季节，也是濒临死亡的季节，在不自由的状态渴望自由，这是诗人沉思的起点。

② 白昼无家可归，夜晚也不是它的归宿。

③ 这样的秋天自然给人以冷意，对于祖国而言，它更预示着严酷的冬季即将来临。

④ 我的孤独与你（或许意指祖国，或许是另一个与作者一样的人）的孤独相同。

啊,春日脱下靴子多么快乐

啊,春日脱下靴子多么快乐!①
你好,可爱的、凉爽的大地,
没有影子的豁亮的小空地,
没有青草和酸梅的小草坪。

像邋遢孩子的双手一样肮脏,
周围到处是雪泥的斑点,②
在黑黢黢的峡谷中留下标记,
仿佛伙伴们在赤脚奔跑。

在葱郁、安静的树群中——轻率地
迷失在茂密的针叶林,
沿着一条松软而枯萎的小路,
人们轻微地跺动勇敢的脚踵。

大地呢——聪明的女人!——
如此充满了活泼的快乐,

湿润，温柔，寒冷，赤裸，
在水洼中悄悄泼溅的蓝色……

鼻孔呼吸着道路的芬芳，
树根、厩肥和青草的气味，
而——如果你感受不到这一点，
就在熊窝里错失了整个生命！③

---

① 春天来临，把笨重的靴子脱下，确实令人惬意。
② 融雪时节，雪泥的斑点让诗人想起了淘气孩子的双手，新颖而形象。
③ 一个感受不到春天气息的人等同于没有生命的人。

致被捕时遗失的玩具熊

我爱它,经常摇晃它,
它悲伤,我就给它安慰;
它全身白,当它仰面
四脚朝天,就会咕噜叫。①

白天,它长时间地坐
在地毯上,纹丝儿不动,
凝视窗外的飞絮
和农舍积雪覆盖的屋顶。

戴着珠串,显出一丝惊恐,
轻微的莫名其妙,
倘若它突然置身
在一个陌生、无形的村庄。

只要我一出门——它呢,
就带着野兽灵敏的狡黠,

时而透过小窗呼吸新空气,
时而悄悄地盯着门外。

当小白床上的网格蚊帐
从两个方向把我们俩隔开,
它就蜷曲地靠着我,突然
透过梦幻悄悄抖动温暖的身体。②

我呢,也缩作一团,
忧心忡忡地低声问道:
"喏,怎么啦,米申卡③?想什么?
睡吧。是时间了。晚安。"

我精心照料自己的信仰,
就像积雪屋顶下的火苗,
在未来的天堂,
我和米沙一定能相会。④

① 玩具熊是可爱的，它是诗人童年生活的一部分，同时作为美好的记忆伴随着他的成年。
② 诗人插入一个细节，与玩具熊的小别引发的惊恐，进一步衬托被捕后与它离散的揪心。
③ 米申卡、米沙都是熊的爱称。
④ 安德烈耶夫是一个有信仰的诗人，他信奉生死报应，对未来抱有坚定的信心。

森林的寂静中有多少河流

森林的寂静中有多少河流
在翻滚,呼吸着迷雾,
每一条河流都有蓬勃的肉体,
有不可重复的灵魂。①

难堪的暑热终结的时候,
照亮一片古老的密林,
响亮的无名女郎②奔跑着,
与太阳嬉闹着,就像孩子。

整个被友好的树叶遮蔽,
她躲进簌簌作响、低语着的
洞穴,白色的浪花
离开爆竹柳,在水流里戏耍。

我多么开朗,你笑得多么轻松、
多么慷慨,发出了邀请!

把贪婪的身体接纳进
平缓、晃动的河水深处。

从身体上洗去灼热的汗液,
无忧无虑,快乐而安静,
你用自己天河般的灵魂,
去清洗这灵魂的罪孽。③

当我在春潮泛滥的浅滩
躺下,沙子闪着金光,
精神纯洁、灿烂而自由,
仿佛在远古,在时间的黎明。

森林的寂静中有多少河流
在翻滚,呼吸着迷雾,——
她们鲜活的肉体多么神秘,
她们孩子似的灵魂多么善良!④

① 由河流的翻滚联想到肉体与灵魂,显露了泛神论的思想。

② 这位无名女郎即河流。

③ 灵魂与救赎的主题在河水的流动中得到了再现。

④ 结尾以神秘和善良定性,赞美了森林中的河流(实际是灵与肉的统一体)。

奥登［英—美］

奥登（W. H. Auden），二十世纪最伟大的英语诗人之一。1907年生于英国约克，但一岁大即随家人移居伯明翰。他从小就对科学感兴趣，十五岁就开始写诗。他入读牛津时，开始对现代主义诗歌发生兴趣，对他产生一定压力的直接前辈是艾略特和叶芝。也是在牛津，他成为所谓的"牛津集团"的中坚，这帮人又被称为"奥登的一代"，包括斯蒂芬·斯潘德、C.D.刘易斯和路易斯·麦克尼斯等。但奥登更亲近的诗人是托马斯·哈代和爱德华·托马斯等更具传统色彩的诗人。对他影响较大的外国诗人有布莱希特和卡瓦菲斯。事实上奥登的视野无比广阔,受影响源头非常庞杂,包括欧洲古典文学和法国现代诗歌。这也反过来使得他自己对同代和后代影响深远。奥登早期受马克思主义和弗洛伊德主义影响,其作品关注社会、政治和经济。早期代表作包括组诗《西班牙》和《战争之行》。宗教在奥登诗歌和其他著作中占非常瞩目的地位,被视为"不仅是一位伟大诗人而且是一位基督教人文主义者"。奥登不只是一位伟大的现代主义者,更是一位伟大的传统主义者,有论者甚至认为他是反现代主义的,这也见诸他对哈代、爱德华·托马斯、卡瓦菲斯和布莱希特的偏爱。奥登是一位大技巧家,对诗歌语言和形式的关注使他之后众多诗人都望尘莫及。美国诗人阿什伯利曾说,他们这些后辈在奥登面前都无话可说,因为他无所不知。

奥登诗歌可分为两大时期,早期与后期,或英国期与美国期。早期诗风隐晦但迷人,尤为英国诗人们所偏爱。1939年奥登移居美国,一些英国诗人例如拉金对奥登后期诗作感到失望,这很可能是因为奥登移居美国伤害了他们的感情。

奥登赴美后第一首诗即是著名的《悼叶芝》，它与另一些名作例如《美术馆》和《1939年9月1日》等，都是奥登赴美后第一本诗集里的作品。《悼叶芝》中一些句子例如"诗歌没有使任何事情发生"和"在他那时代的牢狱里，教自由人都懂得赞美"等，已成为格言式的名言。1947年的诗集《焦虑的年代》获普利策奖；1955年的诗集《阿喀琉斯的盾牌》获美国国家图书奖，是他后期杰作之一。奥登被俄裔美国诗人布罗茨基誉为"二十世纪最伟大的心灵"。他不仅技巧高超，文字讲究，而且以其严厉的道德关注闻名，尤其是强调诗歌的诚实。他在一本诗选的前言中说："我写了并且很不幸地发表了一些诗，我把它们扔掉，因为它们不诚实，或态度不端正，或沉闷。"他解释说："一首不诚实的诗，是指不管写得多好，却表达了作者没有或不认同的感情或信仰。"例如他表达了对"新建筑风格"的向往，"但我从来不喜欢现代建筑。我更喜欢旧建筑，而一个人哪怕是对自己的偏见，也应该诚实。"再如，他曾"不知羞耻地"写道："历史对失败者/也许会说声唉但不能帮助也不能赦免。"他说："这样说无异于把善与成功等同起来。如果我持有这种邪恶信条，那我就实在太坏了，但我却仅仅因为它听起来有修辞效果而这样说，这是不可饶恕的。"他还说："青少年时代草率或吵嚷也许可以原谅，但这并不意味着草率和吵嚷是德行。"因此，他将他一首名诗《1939年9月1日》废弃了，尤其是诗中最著名的一行"我们必须相爱否则不如死亡"，原因是它虚假和自以为是。他后来曾试图把它改成"我们必须相爱然后死亡"，但最终还是不满意，不仅废弃这行诗，而且废弃整首诗，即是说，不允许被收入选集，不收入自己的诗集，尽管我们可以通过其他渠道读到它。

（黄灿然　译注）

爱得更多

抬头望星星,我很清楚,
若它们愿意,我可以下地狱,①
但在尘世上冷漠是人类或野兽
最不令我们感到可怕的东西。②

要是星星用我们不能回报的激情
为我们燃烧,我们有何话说?
如果感情不能平等,
让那爱得更多的是我。③

虽然我常觉得我
是星星的仰慕者,它们并不在乎;
不过现在看到它们,我也不能说
我整天把一颗想得好苦。④

要是所有星星都陨落或失踪,
我将学会眺望一个虚无的天空

并感到它那全然黑暗的庄严,

虽然这可能要花我一点儿时间。⑤

---

① 表示我看到星星便充满激情。

② 但星星其实不在乎,很冷淡,但冷淡对我们来说算什么,人和动物常常是冷淡的,它比起人和动物的其他"德性",是最不可怕的。

③ 话说回来,如果充满激情的反而是星星,我们又不能回报(就像我们对星星充满激情,而它们很冷淡),会怎样呢?结论:如果感情不能平等,那就让我爱得更多吧(爱是奉献)。这两行诗是奥登的名句。

④ 你不对我的爱作出反应,那就算了,我又不是非没有你不可。我们在这里已看出苗头:这是讲人的单恋。

⑤ 如果你消失了,或死了,我会适应的,虽然这要花点儿时间(有点儿正话反说,事实上是蛮在乎的)。

阿喀琉斯的盾牌 ①

她目光越过他肩膀 ②
　寻找葡萄和橄榄树，
管理完善的大理石城市
　和汹涌大海上的船只 ③，
但在那块闪亮的金属上
　他双手却刻画下
一片人工的荒野
　和铅样的天空。

一个无特征的平原，光秃而阴沉，
　没有草叶，没有民居的痕迹，
无东西可吃也无地方可坐，
　然而，汇集在那单调上，站着
一大群不可理喻的人，
　一百万只眼睛，一百万只皮靴，
没有表情，等待一个手势。

空中传来一个无面孔的声音,
　　其号召被统计数字证明合理,
腔调枯燥如同那地方:
　　没人欢呼,没人讨论,
他们一队队在尘土飞扬里
　　操着步离去,忍受一个信仰,
其逻辑使他们在别处遭厄运。

她目光越过他肩膀
　　寻找虔敬的仪式,
点缀白花的小母牛,
　　祭品和奠酒,
但在那块闪亮的金属上
　　在原该是祭台的地方,
她借着他闪烁的煅火看到
　　另一番景象。

有刺铁丝网围住一个任意的场所,
　　无聊的官员在闲逛(一个说了句笑话),
哨兵在流汗因为天气炎热:

一群正派的普通人

从外面观看，不动也不语，

　　当三个苍白的人影被押向前，捆绑

在竖立地面的三根柱上。④

世界的群众和大多数人，全都

　　承受重量且永远重量一样，

掌握在别人手中；他们渺小

　　不能指望帮助也得不到帮助，

他们的敌人要做的都做了：他们的羞耻

　　已无以复加，他们失去尊严，

先作为人死去然后身体死去。⑤

她目光越过他肩膀

　　寻找运动会上的健儿，

舞会上的男人和女人

　　随着音乐快速地

移动迷人的腰肢，

　　但在那块闪亮的盾牌上

他双手没有刻画下舞池，

而是杂草丛生的旷野。

一个衣衫褴褛的顽童,无目的而孤单,
　绕着那空位游荡;一只鸟儿
飞向安全处,远离他瞄准的石子:
　少女被强奸,两个少年杀另一个,
在他看来是公理,他从未听说过
　有任何信守诺言的世界,
或一个人会因为另一个流泪而流泪。⑥

薄嘴唇的盔甲制作者
　赫菲斯托斯蹒跚地走开,
那胸脯闪亮的忒蒂斯
　大惊失色叫出声来:
这火神打造了什么样的武器
　来取悦她的儿子,那强壮
杀人不眨眼的阿喀琉斯——
　他不久将阵亡。

① 阿喀琉斯是海洋女神忒蒂斯的儿子，特洛伊战争中的英雄。在围困特洛伊时，他因与希腊联军主帅阿伽门农发生争吵而退出战斗，导致希腊联军节节失利。后因好友帕特洛克罗斯被特洛伊大将赫克托尔杀死，连阿喀琉斯借给帕特洛克罗斯的盾牌亦被赫克托尔缴获。阿喀琉斯决定为好友报仇，他母亲忒蒂斯请火与冶炼之神赫菲斯托斯为阿喀琉斯打造一个盾牌，上面雕刻了精致的风景和场面。阿喀琉斯带着这个盾牌去杀死赫克托尔，自己则被特洛伊王子帕里斯射中脚后跟而死。

② 她，忒蒂斯；他，赫菲斯托斯，这里是描写忒蒂斯从赫菲斯托斯背后看他在制作盾牌。

③ 在荷马史诗《伊利亚特》中，详尽描写了雕刻在盾牌上的风景和场面。忒蒂斯寻找的，就是荷马史诗中盾牌上的风景和场面。奥登把背景设置在后来的，尤其是现代的、极权的世界，所以忒蒂斯看到的完全是另一番景象：荒凉、战争、暴力。

④ 暗指耶稣上十字架。

⑤ 这是奥登名句，指他们精神上已经死了，肉体死亡反而只是一种表面形式而已。

⑥ 这里的少年世界，与青年阿喀琉斯的世界形成强烈对比。在现代世界，一切价值崩溃，而阿喀琉斯当年杀死赫克托尔之后，赫克托尔的父亲普里阿摩斯在夜里独自冒死去见阿喀琉斯，流着泪向阿喀琉斯讨回儿子的尸体，他的诚意使阿喀琉斯也忍不住为他流泪。

死神的宣叙调

女士们,先生们,你们取得了最瞩目的
　　进步,而进步,我同意,确实很有裨益;
你们制造的汽车比停车场能容纳的还多,
　　音障也突破了,也许很快就会
　　在月球上放置投币自动唱机:
但容我提醒你们,尽管如此,
我,死神,仍然并将永远是宇宙主宰。

我仍然拿年轻人和勇敢者来消遣;只要我高兴
　　登山家就会踩上腐朽的巨砾,
暗涌就会卷走游泳的少年,
　　超速者就会滑出路肩:
　　另一些人我等他们老些
再根据我的心情给他们派发
一个冠状动脉,或一个肿瘤。

我对宗教和种族既开明又通融;

税务立场、信贷评级、社会野心
都不影响我。我们将面对面,
　　不管医生给你们什么药物和谎言,
　　不管丧事承办人用什么昂贵的委婉语:
韦斯切斯特女舍监和鲍厄里流浪汉 ①
都将与我共舞,当我敲起鼓。

---

① 韦斯切斯特是美国一个县。鲍厄里是纽约一条廉价酒吧街。

布谷小颂

现在谁也不会想象你回答无聊问题
——我能活多久？还要做多久单身汉？
奶油会不会降价？——你的叫喊也不会
　　使丈夫们不安。①

相对于那些伟大表演家例如鸫鸟的
咏叹调，你的两音符节目只算儿戏：
我们最坚硬的弯枝也真诚地被你那
　　筑巢的习性所震撼。②

科学、美学、伦理学也许要吹胡子瞪眼
但它们扑灭不了你的魔术：你惊奇于
上下班乘客不逊于你惊奇于野蛮人。③
　　所以，在我的日记里，

虽然我通常只写社交聚会，最近多了些
故朋老友逝世，但一年又一年，每逢

听到你第一声啼叫,我便忙不迭记下

这神圣时刻。④

---

① 据说布谷鸟(杜鹃)生性喜易偶,英文丈夫做了乌龟(cuckold),即是从布谷鸟(cuckoo)这个词而来。
② 弯枝(crook)亦有坏蛋、骗子之意。筑巢习性再次暗喻布谷易偶,是故连最坚硬的弯枝或坏蛋也震惊。上文说布谷的歌声只是儿戏,是正话反说,因为紧接着布谷的歌声超越其筑巢习性使人震惊。
③ 布谷的歌声如同魔术,因为每年时候一到,它就叫喊个不停,仿佛不朽似的。相对而言,人们上下班营营役役,使布谷惊奇。
④ 由于布谷的歌声去而复返,可是人却易逝而一去不复返,所以听到布谷啼叫,我便感到这是神圣时刻。

名人志

一先令生平会给你全部事实：①
父亲怎样揍他，他怎样出走，
少年时代怎样挣扎，是什么行为
使他在一代人物里出类拔萃：
他怎样打架、钓鱼、狩猎、熬通宵，
头晕也要登新山，给一个海命名；
最近有些研究家还写到，爱情
曾使他痛哭流涕，就像你和我。

他声誉日隆，却为一个人叹息，
惊讶的批评家说，她住在家里，
在屋子里做一些伶俐的细活，
再没别的；会打唿哨，会呆坐着
或在花园里转悠，他大堆出色的长信
她都没保存，虽然也回过几封。②

① 一先令生平原文"a shilling life",一语双关,既指一先令的廉价传记,又指生命其实很廉价,同时也暗示下面所列的英雄事迹无非是些表面的东西。

② 上节写表面的强大,这一节展示内心里的软弱,外部历险轻易被那个待在屋里的女人和她所代表的日常生活挫败。

托马斯［英国］

R.S. 托马斯（R. S. Thomas），1913年3月29日出生于英国威尔士首府加的夫，是家里的独生子，五岁随家人到安格列塞岛的霍里黑得居住，并接受教育。因为父亲在船队工作，所以他多数时间是和母亲一起度过的。虽然家里人不说威尔士语，但他对威尔士的衷情却延续了一生。

1932年，托马斯进入北威尔士大学，学习古典文学和威尔士语。后来，他受母亲影响，进入圣米歇尔学院接受培训，并通过了神职考试。

1936年10月,托马斯来到与英格兰交界的丘克地区任助理牧师。

托马斯和其他人不同,对逐级升迁没有兴趣。他觉得只有在这种僻静之处才能离上帝更近一些。他很快就在基督教中找到了归隐的依据。当地人白天忙于农活,只有晚间才能接待他的访问。这正中托马斯下怀,他非常高兴自己有这么多的时间读书,写诗。

1940年,托马斯与艺术家爱尔德里奇结婚。虽然收入不多,但也自得其乐。

托马斯喜欢冥思,但他却说自己不善冥思,所以才不喜欢祷告,不喜欢赞美诗。这可能由于他是诗人之故,对语言敏感,所以他的直率在外行看来可能就显得苛刻一些。

1942年,托马斯就任莫那封的首席牧师,开始正式学习威尔士语。他先后出版诗集《田间石头》《一亩地》《牧师》。在二十多首诗里,他创造了山民埃古·普里瑟赫的形象。三本诗集后来一起收入1956年出版的诗集《岁末之歌》。约翰·贝杰曼在介绍中一针见血地说:"托马斯并非全在文学。"暗指他的宗教倾向。1945年,儿子格威迪恩出生了。

1954年,托马斯到伊格维法奇担任牧师,直到1967年。在这里,他出版了诗集《晚餐诗》《稗草》《真理的面包》《皮亚塔》。除了继续写威尔士乡村,他更关注上帝的本质问题。他用罗宾逊说的话来表明心迹:"用人类的词汇谈论上帝的人,好好想想吧。"

1967年,托马斯来到利恩半岛的亚伯达伦担任牧师。这是他诗歌的一个转折。以前,他是一个比较单纯的乡村诗人,而在亚伯达伦,他却只写了一本有关威尔士的书,其他都是关于上帝的冥思,比如诗集《不为他带来鲜花》《哼》《精神实验室》《它的方式》《频率》。托马斯之所以被称为当代最伟大的宗教诗人,一多半的原因是和这些与上帝对话的诗有关。需要强调的是,他这时已经能用威尔士语写东西了。

1978年,托马斯退休,他和妻子搬到亚伯达伦附近一个村落,他们的住房像其他农舍一样非常简朴。之后,他出版了诗集《此间》《向内成长的思想》《实验阿门》《威尔士空气》《回声慢慢》等,前两本都和绘画有关,其他的仍旧是关于人生以及上帝的描述与思考。他的大胆或者直率一如既往，他对来访者说："我愿意承认我内心一直缺乏某些东西，特别是缺乏对人类的爱。"这对某些不熟悉宗教生活的读者来说，可能有些困惑，但事实就是如此：牧师并非不食人间烟火的半神，而是有血有肉的人。

在1991年妻子去世之后，托马斯与加拿大人贝蒂再婚，搬回童年住过的霍里黑得。1993年，托马斯出版了由他儿子编选的《诗集》。2000年9月25日，托马斯去世，希尼等人在西敏寺为他举行了纪念活动，他的骨灰则埋在格威内思的圣约翰教堂门口。

（桑　克　注）

威尔士风光

住在威尔士会感到
黄昏时天空发狂,
如有鲜血泼洒,
染红了纯洁的河水
和所有的支流。①
也会感到
盖过拖拉机的吼声
和机器的低哼,
在森林里有战斗,
响鸣着疾飞的箭矢。②
你不能活在现在,
至少在威尔士不能。③
语言就是一个例证,
那柔和的辅音
听起来很奇特。
深夜黑暗中有叫声,
是枭鸟在对月亮说话。④

还有黑影幢幢，像是藏着伏兵，

蹲在田野边上不出声。

威尔士没有现在，

也没有将来，

只有过去，⑤

一些脆弱的古董，

风雨侵蚀的高塔和堡垒，

连鬼都是假的；

倒塌的废石场和旧矿洞，

和一个无精力的民族

由于近亲繁殖而衰弱不堪，

在一支旧歌的骸骨上捣腾。⑥

（王佐良　译）

---

① 这种简洁而又充满外在力量的书写在托马斯后期的作品中是不多见的，只出现在他较早时期的作品之中。

② 拖拉机是现实之中的，箭矢是历史之中的。对两种不同时期的事物，全都采取实写的方式，虽然对比是含蓄的，但是同样加强了阅读效果。

③ 强调"过去"的主题对威尔士来说至关重要,或者同时强调时间的"过去",空间的"威尔士",这两个因素是理解托马斯早期作品的钥匙之一。

④ 把枭鸟的叫声和威尔士语"柔和的辅音"联系起来,以此展示诗人身心的敏感和内心对威尔士强烈的爱。

⑤ 呼应前面提到的"过去"主题,同时也是一种反复强调。

⑥ 威尔士"过去"的遗留物都是一些衰败的东西,从译文来看具有批判的意图。相对前面的表现来说是一种转变和反思。

农　村

谈不上街道，房子太少了，只有一条小道
从唯一的酒店到唯一的铺子，
再不前进，消失在山顶，
山也不高，侵蚀着它的
是多年积累的绿色波涛，①
草不断生长，越来越接近
这过去时间的最后据点。②

很少发生什么；一条黑狗
在阳光里咬跳蚤就算是
历史大事。③ 倒是有姑娘
挨门走过，她那速度
超过这平淡日子两重尺寸。

那么停住吧，村子，因为围绕你
慢慢转动着一整个世界，
辽阔而富于意义，不亚于伟大的

柏拉图孤寂心灵的任何构想。④

(王佐良 译)

---

① 描述一个乡村的环境,从街道到房子,到小山,到小山周围的绿色植被。文笔朴素而从容,大约是由于托马斯内心的宁静。
② 这种不同凡响的判断是针对建筑以及周边的自然环境作出的。作者借此阐释时间的存在其实是有物质为证的。而如果建筑和环境没了,那么寄存在它们身上的时间或者历史也就消逝无踪了。托马斯的意思是,威尔士的历史正是体现在这样简朴的乡村中。
③ 说捉跳蚤就是历史,就是历史大事,既有诙谐的一面,也有严肃的一面。托马斯把自己对乡村生活的思考融入直接的叙述,在寥寥数语之中容纳丰富的思想。
④ 这是站在更高角度的思考,把乡村和世界等同,把乡村的意义与柏拉图的构想等量齐观。这对中文诗乡村主题的开掘来说是一个极其重要而丰富的启示。

时　代

这样的时代，智者并不沉默，
只是被无尽的嘈杂声
窒息了。① 于是退避于
那些无人阅读的书。②

两位策士的话
得到公众倾听。③ 一位日夜不停地
喊："买！"另一位更有见地，
他说："卖，卖掉你们的宁静。"④

（王佐良　译）

---

① 很难相信这首诗写于很久以前。因为它指涉的问题仍旧是现在社会的突出问题。智者没有沉默，这是好的，但却被"众语喧哗"窒息，这就是厄运。在现在的电视节目里，这种特点越来越鲜明了。扩而广之就是一种普遍的浮躁情绪。

② 智者退避到没人阅读的书中，或者智者就隐居在那些没人阅读的书里。这既给大众指出智者现存的位置，同时也指出这种文化败坏状况的存在，引人深思。

③ 策士与智者是不同的。他们的话能够被公众倾听，相比于智者被"窒息"的命运，不禁悲从中来。这个特点在现在这个消费时代是非常突出的，心痛何如！

④ 一个买，一个卖，消费时代似乎只剩下了这样一种简单的关系。但是在卖的声音之中却出现了一种涵盖批评意图的句子："卖掉你们的宁静"，它在平静之中表达出耐人寻味的深度。这显然来自托马斯的冷眼旁观，来自他的深邃思考。

演 戏

与她结婚不够明智

我从不知道她什么时候不是演戏。①

"我爱你"她说;我听见观众的

叹息。"我恨你";我从不确信

他们安静地待在那里。她多可爱。我

曾是她在其中化妆的唯一的镜子。②

我节俭地应用她的身体微波起伏的

草地。眼睛每夜在上面吃草。③

在孤独的现在,在自己脆弱的

平台之上她正在扮演最后的角色。

多么完美。她这一生的经历

从未这么好过。而且帷幕

已经降落。④我的迷人的女人,从幕后走出来

获得掌声。看,我也在鼓掌。⑤

(桑 克 译)

---

① 一个女人在婚姻中扮演角色,如同演戏。这种比喻本身其实并不新鲜,但却存有书写的潜在空间。关键要看下面是如何展开的。

② "我"反省自己的悲哀处境,不过是"她"拥有的众多镜子或者男人之中的一个而已。这里的反讽意味也是比较明显的。

③ 这个悲哀的丈夫"我"对"她"身体的应用是"节俭"的,以此含蓄地表达婚姻双方在实质关系方面的冷淡。而"眼睛……"则写出了"我"在精神之内存在的强烈欲望。这种写法达到的效果,外表看起来优雅,具有控制力,有英伦之风,而实际上,恰能显示一个绅士的婚姻之痛。

④ 不幸的婚姻结束了,但是笔法仍旧保持赞美的口风,从而使讽刺效果更臻强烈。

⑤ 这里的鼓掌明显是反讽。托马斯通过主观的假设性描述显示自己对无性婚姻或者婚姻本身之纠结状态所进行的思考。

其 他

曾是那么完美。他对它
什么都没做。河流
清澈一如他的眼睛。草
曾是他的呼吸。黑暗大地的
神秘之物就是他自身
正在发生的东西。① 他爱它
恨它怀着一个父亲的
自负,赞美他的
工作,抱怨它的
独立。在一向
不欢迎他的绿林之中
幽会。小伙子和姑娘们,
抚弄着一本美妙之书的
纸页,唤醒
他的羡慕。记忆达成
心灵未成的一切。② 他开始计划
摧毁此地长久的

平静。机器在远处
显现,唱着它的
钱。它的歌声曾是缠绕
他们的网,男人和女人
在一起。乡村犹如
吸空的苍蝇。③

   神隐藏着
一滴泪水。够了,够了,
他命令着,而机器
望着他并且继续歌唱。④

(桑 克 译)

---

① 在这里,读者可以把"他"与后面提到的"神"等同起来,而"它"则是人类社会之中的某一事物,比如机器。托马斯在探讨他与它的关系之中,显示赞美与批评,理解与反省。具体到这几个句子,则是从原来的完美之中,显示现在的不完美。
② 心灵没有达到的境界,记忆可能会达到。这是与阅读相关的一种体验。

③ 现在是机器统治的时代，机器只会歌颂它的金钱，而过去淳朴的乡村也已变成另外一种让人不能接受的模样。这是因为"它的独立"，还是因为它不肯接受他的爱？

④ 神的怜悯仍在，只不过"隐藏"起来。但机器或者它与他的对峙仍在继续，这是摆在我们面前问题的严峻性。只有对此有足够的身心准备，我们才能自我拯救。

拉金［英国］

菲利普·拉金（Philip Larkin），1922年8月9日出生在英国考文垂，上边有一个大他九岁的姐姐。八岁，他进入以"亨利七世"命名的学校读书。就是从这个时候起，他开始听爵士乐，阅读哈代。前面的嗜好，后面的文学影响，一直弥漫在他的一生之中。

拉金十五岁的时候，跟学校去德国度假，这可能是他唯一的一次出国。拉金一生守着英国，他的诗也都与这种保守的生活有关，沉思，讽刺，在一种不深不浅的均衡中维持着自己的风度。1938年，拉金开始写诗。1939年，他开始接触艾略特、奥登。这一方面说明拉金的阅读起点相当高，但从另外一方面也表明，这可能只是当时的文化氛围决定的。

1940年，拉金进入牛津大学读书，结识终身挚友金斯利·艾米斯（Kingsley Amis）和约翰·韦恩（John Wain），同年的11月14日，德国飞机把拉金的故乡炸成废墟，幸运的是他的家人逃过一劫。

拉金毕业之后，到威灵顿市公共图书馆工作。他一生都在图书馆工作，这一点与博尔赫斯类似，但是差异也是明显的。博尔赫斯追求的是无量的知识，而拉金追求的则是清净。好像各取所需，但是嘲弄、愤怒、矛盾的暗影始终都没有离开过拉金。

二战结束，拉金到雷斯特大学图书馆工作。虽然出版了两本长篇小说，但他还是就此放弃，诗写得也不怎么多。拉金存世诗篇只有242首。从开始写到去世时算起，平均每年也就在5首左右。那么多时间，他都干了什么呢？说简单一点儿，就是忙于生活。

1947年春天，拉金结识英语系讲师莫尼卡·琼斯

（Monica Jones）。她说当时的拉金看起来就像是一个经常打鼾的人。这是拉金一生中最重要的友谊，然而却是一个"不祥的开始"。拉金讨厌结婚，这在《给我的妻子》中有所体现。他在给朋友的信中甚至恶毒地攻击女性。

就在这一年，拉金买了一部相机，开始摄影这一嗜好。1950年在贝尔法斯特女王大学图书馆工作的时候，拉金认识了甜妞儿威尼弗雷德（Winifred），他给她拍照，并在《一位年轻女士照相簿上的诗》中写她，"……你是否发觉／一个人偷看你洗澡……"

1954年，运动派问世，文学编辑斯各特在《旁观者》杂志发表的文章中列举了八个成员，却没有提及拉金的名字。而今谁提起运动派，都不可能把拉金的名字绕过去。

1955年，拉金到赫尔大学图书馆工作，一直到去世。他在这里又认识了比他小七岁的梅维·布伦南（Maeve Brennan）。六十年代初，他给朋友写信，说他一定会娶莫尼卡，转眼又说，梅维才是他要娶的人。结果谁都没娶，他仍旧保持着单身生活。1963年，拉金有了第一次性生活，他把这事儿郑重其事地写进诗里，这就是著名的《奇迹迭出的一年》。

1964年,拉金出版了只有32首诗、46个页码的诗集《降灵节婚礼》,一下子卖了七万多册。这可能和他倡导英国性有关,在他的诗中,冷静的英伦气息弥漫得欢天喜地。与此相反的是,不合时宜的殖民思想给他带来了不少麻烦。

拉金的生活几乎没什么波澜,沉思、出书、会友、获奖、加薪,和莫尼卡外出度假。可是1974年之后,他对写东西就没了兴趣,对爵士乐也是,只是一如既往地喝酒。

1984年,英国准备授予拉金桂冠诗人称号,遭到了拒绝。1985年,拉金告诉约翰·韦恩,他要在担心莫尼卡和害怕自己之间做出痛苦的选择。

1985年12月2日,拉金接受喉癌手术后去世,终年六十三岁。他的墓碑上写着"作家"这个词。莫尼卡说这个评价准确,"他不是一个诗人,他过的是一个作家的生活"。

(桑 克 译注)

怎么睡觉 ①

子宫里的孩子，
或者墓地中的圣人——②
我将用哪种方式躺下
坠入睡眠？
热心的月亮凝视着
从天空的背面，
云全都回家了
仿佛被驱赶的绵羊。

时间明亮的水滴，
一架和两架钟琴，
我转身并笔直地躺下
双手交叠；
修女会的孩子，教皇，③
他们选了这个状态，
他们的心擦拭平静
仿佛平海的沙砾。

我的想法就是这样：

睡眠停留仿佛很远，

直到我蜷伏在一边

再一次像个胎儿——④

因为睡，像死掉一样，

必须不带傲气地赢得，

要得到天性的首肯，

不带一丝苛求，

只是丧失一点身份。⑤

---

① 明着看，拉金是在沉思关于入睡方式的选择题，暗地里却与生死之思私通款曲。

② 将睡姿总结为侧卧、平躺并不稀罕，但将侧卧与子宫中的婴儿之姿势相联系，将平躺与坟墓中的死者之姿势相联系，却足以显示拉金的独具匠心之处：两种睡姿分别起源于出生与死亡，而睡姿正是将生死联系起来的桥梁或纽带。

③ 平躺既是死者的方式，也是归于寂静的方式。拉金在诗中把这一方式与宗教的庄严性联系起来。

④ 据说人的孤独是从离开母亲的子宫开始的,所以回到象征的子宫就成为人的一种追求的归宿。如果说开始就是结束,那么出生与死亡的容貌就是与沉睡的外表相仿。

⑤ 平躺是庄严的,侧卧除了"丧失一点身份",像个孩子似的,而非一个成年绅士之外,其他方面则是自然的,得到"天性的首肯"的。这种描述确实比较精准。

给我的妻子 ①

因为选择了你,我的孔雀屏合上
未来已经过去,其中充满诱惑地伸展着
精致的天性所能伸展的一切。②
无比的潜能!但无限
仅仅是在我还未做出选择之际;
匆匆的抉择堵塞了一条路之外的一切道路,③
并使灌木丛里的卖俏鸟轻轻拍动。
现在已经没什么未来。只有我和你,孤孤单单。④

所以为了你的脸我就交换了所有的脸,
为了你很少的财产我贱卖了那件塞得满满的
行李,那件带面具的魔术师的礼服。⑤
现在你成为我的厌倦和我的失败,
另一种磨难的方式,一个风险,
一个重于空气的实体。

① 拉金一生没结婚，这里的"妻子"是他想象的，只是为了更方便地表达他的婚姻观，或者说，这是他为了思考婚姻而做出的一种艺术设计。

② 因为已经结婚，所以男性招展的求偶行为就必须终止。这是道德与法律共同决定的。而之前做单身汉的时候，才是"精致的天性"伸展一切的时候。这里有怅惘的因素，也有对未婚时光怀念的因素。所以下面才有"无限"是在"还未做出选择之际"的句子。

③ 拉金把婚姻当成了一条路，而把其他各种各样与女性保持关系的方式当作其他的道路。意思就是说，因为选择了婚姻，他就不能和其他女性保持密切的联系。人生的可能性变小了，既有自私的道德的一面，也有残酷的事实的一面。

④ 拉金没有婚姻生活的体验，但他从与女性交往的观察中发现，婚姻并不能改变孤单的生活本质。这可能是他深刻的一面，也可能是他相当片面的一面。

⑤ 这里是拉金对婚姻的抱怨。而后面的句子就上升为"厌倦"和"失败"以及"磨难"的高度。这是拉金的诗遭受某些道德批评的原因之一。

昨日出生
——给萨莉·艾米斯 ①

密密折叠的蓓蕾,
我为你祝愿过一些
别人不会祝愿你的东西:
不是一般的东西
如祝你美丽之类,②
或者逃过一个
纯的爱的春天——
他们全都希望你这样,
而假如它被证明是真的可能,
好吧,你就是一个幸运女孩。③

但如果不是这样,那么
就祝你做一个普通的人;
像其他的女人那样,有着
一种平均的天赋:④
不丑,也不好看,

没有一个方面稍微出格

让你失去均衡,

这样,即使某个方面自己不行,

也不能让别的方面超出常规。

其实,是祝你做一个乏味的人——

如果我们这样称呼一种高明的,

警醒的,柔韧的,

没有强调的,痴迷而且

富有感染力的幸福的话。⑤

---

① 萨莉·艾米斯是拉金的朋友、作家金斯利·艾米斯的女儿。通过这首生日赠诗,拉金阐释了一种平凡或者庸常的人生观和幸福观。

② 大多数的生日祝福可能都是这样的,祝你前程远大,美丽,富裕,或者健康之类。

③ 有这样的生活也是正常的。这表明拉金并不强烈反对尘世流行的人生观。

④ 这是拉金人生观的核心。"平均"这个词义,有的译者将之引申为中国儒家传统文化的"中庸"概念,这当然可以作为一种参考,但是这里的平均其实是和古典主义有关的。拉金循规蹈矩的

绅士派头，骨子里就是一种古典主义风度。虽然他的表现已经有了更为复杂的雅皮士内容。

⑤ 把"乏味"和"幸福"联系起来。这里的乏味和平日所说的由于厌倦而导致的趣味丧失不同。在这里，拉金一口气用了六个形容词来限制"乏味"，再将之前的意思联系起来，他的人生观面目就更加清晰了：在常理之中，而不必出格过分。

无　知①

奇怪的是一无所知，从不确定
什么是真实的，或是正确的，或是真正的，
但却被迫去证明什么，或者"我这么觉得"，
或者"好吧，它似乎这样：
想必有人知道。"②

奇怪的是不知道事物运行的方法：③
他们找到所需之物的那种技巧，
种子准时播种，并体现出的意识，
和改变的心愿；
是的，这很奇怪，

甚至使这些知识感到厌倦——因为我们的肉体
用它自己的决定围绕着我们——④
然后把我们的一生花费在含糊的东西上，
我们将死的时候
也意识不到原因。⑤

① 这是围绕着"无知"而进行的一种哲学探讨,从而显示出拉金沉思的深度。拉金并不以广度见长,但他却在自己狭小的生活范围之内挖掘出了应有的深度。这为后来的诗歌作者,包括谢默斯·希尼提供了一种写作典范。

② "无知"不仅避开真实的和准确的知识,而且趋向于主观的和大众的流行认识。拉金的理性力量为诗带来的启示是极具参考价值的,何况黑色幽默为他增加了魅力。

③ 真正的有知是在事物的内部,也就是"事物运行的方法",所谓明察秋毫,正是因为早已洞彻肺腑,所以才从表面的细微痕迹中有所发现。

④ 灵与肉的关系,理性与感性的关系,一直是哲学的重要主题。拉金已经发现肉体或者感官的独立性,它对"我们"这个集体产生了决定性的作用。

⑤ 穷尽一生的工作目标都是含混的,都是错误的,那么它的价值与意义还有什么讨论的必要呢?拉金的人生观,务实,且与"理想主义"泾渭分明,说其市侩未免简单化了。

爆　炸 ①

在爆炸的那一天
阴影表明矿坑的入口：
矿渣堆在阳光下沉睡。

穿矿靴的男人沿小路走来
咳着咒骂的谈话和雪茄烟，
肩负新鲜的寂静。②

一个人攥着兔子；丢了；
带回一窝云雀蛋；③
炫耀着；把它们放进草丛。

所以他们胡子拉碴地穿着厚棉裤经过
父亲，兄弟，诨号，大笑，
穿过耸立敞开的高门。

中午一阵震动；母牛

停止咀嚼片刻;太阳,

围在炎热的阴霾之中,暗淡无光。④

我们面前的死者已矣,他们

安然地坐在主的宫殿之中,

我们将看见他们面对面——⑤

清晰如同谈到的祈祷室的

刻字,因为在片刻之间

妻子们看见了爆炸的男人

比在他们掌管的生命里还大——

黄金仿佛在一枚硬币之上,或走路

不知怎的从太阳朝向他们的地方,

一个人展示着没破的蛋。⑥

① 这是一首关于矿山灾难的诗。它对当代中国诗的借鉴作用是显而易见的。拉金并不标榜干预现实生活,但是他的笔下从不缺少现实生活。现实始终都是冥思的基础。

② 这是灾难前的寂静。此外,这种关于氛围的描写,铺就了本诗可以感知的道路。

③ 现在仅仅是氛围的细节,但是到后面,这个"蛋"就与生命的脆弱性产生了相关的联系。

④ 灾难发生的时候,母牛与阳光的反应,虽然不及勃鲁盖尔的油画《伊卡洛斯》深刻,但是也表达出了沉重的感受。

⑤ 这应该是牧师在葬礼上说的话。死者已矣,只有安坐在主的怀抱之中才能获得安慰。

⑥ 与前面的细节构成呼应,因为生命脆弱,所以更需要加倍小心爱护。

雅各泰［瑞士］

菲利普·雅各泰（Philippe Jaccottet），1925年出生于瑞士穆唐（Moudon）。1953年，同一位法国画家成婚，并从巴黎迁到普罗旺斯德龙省的小镇格里尼昂（Grignan）定居。从此，他过起隐士般的生活，迄今已近六十年。2000年8月，我曾去格里尼昂拜访雅各泰，看到七十五岁的诗人和画家妻子一起，在小镇外的一座山间石屋里，过着平静、清澈的晚年生活。他身材瘦高，面容清癯，喜爱步行。看得出来，年轻时，雅各泰一定是一个英俊帅气的青年才俊。

在用法语写作的当代诗人中,雅各泰被认为是最优秀的诗人之一。我认为,他的诗凸显了当代法语诗歌的一个重要侧面:简洁、内敛、幽秘。

简洁,指他的笔触,他的丝毫不事铺张的文字运用。他并不排斥叙述,恰恰相反,他喜欢具体真实的细节。他总是以一个极平实的句子开始一首诗,甚至把一些诗写成"散文"的形式;但是,他渴望在诗中"恰如其分地"安顿他深爱着的这些词汇——披露他内心世界的唯一材料,所以,他耐心地等待机遇,克制地采撷意象,巧妙地埋下暗示,为的是获得弥散开去的诗的意味。雅各泰的叙述,是一种带着说话调子的"叙说",是对抒情的有力奉献。这种看似叙说、实则抒情的写作手法,只有一条路能通达简洁:经常地删繁就简和不断地内心过滤。

内敛,指他的诗情,他的抒发情感的方式。隐居,是那内敛所需的外在生活方式。巴黎的华美和巴黎的喧嚣是一体的,忍受不了后者,也就只好舍弃前者,雅各泰选择了"离开"。其实,在现代工业社会里,内敛的人只能尽力退避,尽力舍弃,退回到大自然的庇护中去。雅各泰常常从小小的一点落笔，收墨时却已注入迷茫、空灵的内心，这倒很近似东方艺术的写意。雅各泰的诗，短到几行，长至数页，但几乎每一首都在诉说他对生命的领悟和时间给肉身带来的压力：越是热爱生命，就越会感慨生命的易逝。雅各泰的诗调子是亲切的，朴素的，但他经常在平实的诗行间糅进去几句滴血无声的感悟，让敏感的心一下子缩紧，同时也把思绪引向无边的遐想⋯⋯

幽秘，指他的心灵，他的诗歌世界的氛围。雅各泰的心像瑞士山谷间秀美安宁的一个湖，生命暗示给他的许多秘密像一支支雪水，汇聚到这个湖中；湖面是微风拂过后散不尽的涟漪，因为湖心始终在无奈甚至绝望地颤动。读他的诗，只需静心，便能在诗行间听见一颗心在呼吸，一个生命在低语，既亲切温暖，又孤独无依。称雅各泰为"神秘诗人"是有道理的。也许他早就认定那条僻静的、侧向一边的路，那是只属于他自己的路。他把沿途的所见（自然界的风物）和内心的所思（对生命的领悟），糅进一个个词语，既展示了有限的生存场景，又披露了无限的内心神秘。

雅各泰有一种了不起的本领：全身心地倾听并领受大自

然的启示。昼夜的更迭，阳光的进退，影子与实体，细微与广大，这些矛盾幸赖启示的照亮，在雅各泰身心的统一中得到统一。他就是凭着这启示，这永不枯竭的灵感源泉，用扎实、清亮的词汇，勾画出了他那敏感、不安的心灵图景。

此外，雅各泰还是一位出色的翻译家。他曾把荷马、贡戈拉、荷尔德林、里尔克、翁加雷蒂等大诗人的诗译成法语。

（树　才　译注）

"夜是一座沉睡的大城"

夜是一座沉睡的大城,
风吹着……它从远方来,直到
这床的避难所。这是六月的午夜。
你睡了,人们把我带到无尽的岸边,
风摇着榛树。传来一声呼叫 ①
挨近,又撤离,我敢发誓,
一缕光穿林而过,或许是
在地狱中打转的那些影子。
(夏夜里的这声呼叫,多少事情
我能从中说出,从你的眼里……②)但它只是
那只名叫仓鸮的鸟,从郊外的
树林深处呼叫我们。我们的气味
已经是黎明时垃圾腐臭的气味,
已经从我们灼烫的皮肤下穿透骨头,
当街角,星星们渐趋黯淡。③

① "传来一声呼叫",这让人陡然一惊。这首诗的氛围,从一开始就笼罩着一层神秘的安静,因为"夜"和"一座沉睡的大城"是一回事,然后有一些风,从远方来,穿过夜色,也不怎么吱声。但"一声呼叫",打破了安静。

② 括弧里的句子,常常更有分量。这是对那声"呼叫"的强化和内化。呼叫本来是声音的,从外部传来的,但现在钻进了记忆,渗入了眼里!从外到内,全凭诗笔的锐利。

③ 从声音过渡到"气味",从垃圾联想到"肉体",对生命易腐的惊悚感被激发出来。但诗人收笔时,一下子又返回外部世界,以此来平息内心。是的,新的一天又降生了。

"别担心,会来的!"

别担心,会来的!① 你一走近,
你就燃烧!因为诗篇最后的
那个字会比第一个更挨近
你的死:它不在途中停留。②

别以为它会去树枝下沉睡,
或者当你写作时,歇一口气。
甚至当你在嘴里渴饮,止住了
最糟的欲望,温柔的嘴温柔地

喊叫着,甚至当你使劲抽紧
你们四条胳膊的结,为了在
燃烧的发丛的黑暗中一动不动,③

它也会来,鬼知道从哪条路,向着你俩,
来自天边或就在身旁,但是,别担心,
它会来:从一个字到另一个字,你更老了。④

① 谁"会来"？谁在"担心"？谁在对谁说话？以这自言自语开篇，引人生出许多疑问。

② "它"的名字叫"死"。死当然不在途中停留。死神就活在每一个生命里面，而生命的另一种运行方式是时间。如同时间，死神不停歇，死神掌控着时间。

③ 这一节写得非常巧妙，也非常强烈。写的是爱的行动，相爱的两个人"使劲抽紧""四条胳膊的结"（这个描写令人颤栗，太真切了！）竟是为了在"黑暗中一动不动"！动，到了极致，也就抵达了静。爱的极致就是对立双方的合一。

④ 读到这里，我们可以喘一口气了。"它会来"，但它还在途中，这条路对诗人来说是文字之路。"从一个字到另一个字"，比如从昨天到今天，从去年到今年，携着死神的时间让人一个字一个字地变老。老，是死的预告者。

声　音

谁在那儿歌唱,当万籁俱寂?谁,
用这纯粹、哑默的声音,唱着一支如此美妙的歌?①
莫非它在城外,在罗班松,在一座
覆满积雪的公园里?或者它就在身边,
某个人没意识到有人在听?
让我们别那么急着想知道他,
因为白昼并没有特意让这只
看不见的鸟走在前头。但是
我们得安静。一个声音升起来了,像一股三月的
风把力量带给衰老的树林,这声音向我们飘来,
没有眼泪,更多的是笑对死亡。
谁在那儿歌唱,当我们的灯熄灭?②
没有人知道。只有那颗心能听见——
那颗既不想占有也不追求胜利的心。③

① 声音在此显身为"一支如此美妙的歌"。但诗人问"谁在那儿歌唱"？没办法，诗人就像纯真小孩，一仰起脸，嘴里已吐出问题。因为没人回答，诗人只好自己问自己。这首诗主要由问号构成。

② 还是问题。诗人从歌那里引出"声音"。声音就是这首诗的问题所在。同第一句诗相呼应，这一句写到了"我们"。而"我们的灯"显然喻指生命，生命如灯，似烛，亮着。

③ 这是一颗坦然之心，也是一颗接受之心。穿越了这么多的问题，生命中的问题，诗人最终明白了，"能听见"那歌和声音的只有那颗心，而这颗心妙若虚无，已能放下一切，舍弃一切。这首诗的妙处在于，询问"声音"却抵达了"空境"。

无知的人

我越老,我的无知就越大,

我经历得越多,占有就越少,统治就越少。①

我的一切,是一个空间,有时

盖着雪,有时闪着光,但从不被居住。

哪里是赐予者、领路人、守护者?

我待在我的房间里,先是沉默

(寂静侍者般进入,布下一点秩序),

然后等着谎言一个个散开:

剩下什么?对这位如此巧妙地阻拦着

死亡的垂死者,还剩下什么?怎样的

力量还让他在四墙之间说话?

难道我知道他,我这无知的人,忧虑的人?

但我真的听到他在说话,② 他的话

同白昼一起进入,有点儿模糊:

"就像火,爱只在木炭灰烬的

错误和美丽之上,才确立清澈……"③

① 头两行诗是两句格言，让人想到苏格拉底。越是有知，就越是明白自己无知。经历越丰富，就越是懂得舍弃和自守。

② "他"是谁？诗人在诗中常常把自己拎出来，作为客体对象或对话者，来建立谈话。"这无知的人"，正是诗人自己。诗人知道"他"，就像知道自己，于是听到"他在说话"。

③ 把"火"与"爱"互相比照，这从古希腊就开始了，而且古今中外，莫不如此。爱确实具有火焰般炽烈燃烧的特征。燃烧之后，余下灰烬，灰烬之中，错误又怎样？美丽又如何？一切已燃烧过了！"清澈"是形而上，是精神的超越，它是否真的"确立"？我表示怀疑，而雅各泰用的也只是一个条件句。

我们看见

我们看见小学生们高声喊叫着奔跑
在操场厚厚的草中。①

高高的安静的树
和九月十点钟的阳光
像清新的瀑布
为他们遮挡那巨大的天空,
星辰在高处闪耀。

*

灵魂,这么怕冷,这么怕生,
难道她真的该没完没了地走在这冰上,
孤零零的,光着脚,甚至读不出
童年的祈祷,
没完没了地遭受寒冷的惩罚?②

*

这么多年了,

难道真的,所知如此贫乏,

心灵如此虚弱?

如果过路的人走近,

难道他连一个最破的铜子儿都不给?

——我储备草和疾速的水,

我保持轻盈

好让船少沉下去一些。

*

她走近圆镜

像儿童的嘴

不知道撒谎,

穿着一件蓝色的睡袍,

睡袍也在变旧。

头发很快变得灰白

在极其缓慢的时间的火中。③

清晨的阳光

还在加强她的影子。

*

窗后——人们已刷白窗框

（防蚊蝇，防幽灵），

一个白发老头俯身于

一封信，或家乡的消息。

阴郁的藤沿墙壁爬升。

守护他吧，藤和石灰，抵御晨风，

抵御漫漫长夜和另一个，永恒的。

*

有个人用水织布（用金银丝的

树的图案）。但我徒然凝视，

我看不见织女，

也看不见她的手——我们渴望触摸。

当整个房间,织机,布
全都消失,
我们也许能在湿漉漉的土里认出脚印……

*

我们还要在光的茧里待一阵子。

当它破茧(很慢或一下子),
莫非我们可以长出一对
天蚕蛾的翅膀,蒙上眼,
在这黑暗和寒冷里去冒险一飞?

*

我们经过时看见这些事物
(哪怕手有点颤抖,
心灵蹒跚而行),
而另一些事物在同一个天空下:
园子里耀眼的南瓜,

它们就像太阳的蛋,

衰老的花朵,淡紫色的。

这夏末的光,

如果它只是另一种光的影子,

让人着迷,

我还是感到惊讶。④

---

① 开头两行,诗人必精心为之。精心何在?在句式中。诗题"我们看见",第一行即以"我们看见"起句。看见什么?"小学生们高声喊叫着奔跑"。敏感的读者马上明白:这首诗将以回忆之线编织下去。按照汉语句式,可把下一行"在操场厚厚的草中"提为起句,但千万别这么干!译人家的诗,要领会人家句式的精心。

② 这一节就写"灵魂"。童年已然远逝,灵魂依旧"怕冷"。一个诗节,一个长句,一个问号,诗人在自问。那"没完没了地遭受寒冷的惩罚"的,正是诗人自己的灵魂啊。

③ "在极其缓慢的时间的火中",对时间的白描多么精准!我一直相信,时间才是诗歌最重要的主题(不用加之一)。时间是一种火。火中焕发光。光始终在。我称其为"暗火":烧得"极其缓慢"。雅各泰真是一个"时间"诗人。"睡袍"也好,"头发"也好,都是因为时间才"变旧""变得灰白"。

④"惊讶"!雅各泰写得如此朴素,如此细微,谁不能从中暗自惊讶,谁就没有读懂他的诗心!我一直"惊讶"于他内心的不动声色,他诗句的易碎之美。这是"让人着迷"的。而这也正是我译他时的内心惊讶。

巴赫曼［奥地利］

英格博格·巴赫曼（Ingeborg Bachmann），1926年6月25日出生于奥地利的克拉根福特。1945—1950年，先后在茵斯布鲁克大学、格拉兹大学和维也纳大学学习法律和哲学。1948年5月，在维也纳结识诗人保罗·策兰（Paul Celan）并相爱，但因策兰的犹太人背景以及巴赫曼的负罪感，二人的感情最终没有结果。1950年在维也纳大学获得哲学博士学位，论文题为《马丁·海德格尔存在哲学的批评接受》。1948—1949年开始发表诗歌作品。1951—1953年，为维也纳红·白·红电台写作广播剧。1952年在"四七社"聚会上第一次朗读自己的作品。1953年,获"四七社"大奖。诗集《延迟的时间》出版。1953—1957年,旅居意大利,先后寓居那不勒斯的伊斯基亚岛和罗马。1955年在汉堡创作了广播剧《蝉》,应邀参加在哈佛艺术与科学夏季学校的国际研讨会。1956年诗集《大熊星的召唤》在慕尼黑出版。1957年,获得不莱梅文学奖。

1957—1958年,在慕尼黑巴伐利亚电视台和电台担任戏剧编剧,1958年广播剧《曼哈顿的好上帝》在慕尼黑和汉堡广播。1958—1973年,移居苏黎世和罗马。与瑞士作家马克斯·弗里施(Max Frisch)相恋,直到1962年巴赫曼移居罗马。结束与弗里施的同居生活,给巴赫曼的精神带来很大的打击,她一度因精神分裂而住院。1959年获得战争盲人广播剧奖。1959—1960年,受邀在法兰克福大学作了一学期的诗歌讲座,其中"关于当代诗歌的问题"的讲座共进行了五次。1960年,为汉斯·维尔纳·亨策(Hans Werner Henze)著名的歌剧《洪堡王子》作词。1961年,小说集《三十岁》在慕尼黑出版,并获得柏林批评家大奖。同年，她翻译的意大利诗人朱塞佩·翁加雷蒂的诗选也在慕尼黑出版。1963年获福特基金会资助定居柏林。1964年获得毕希纳大奖。获奖致辞《一次当地的巧合》稍后在柏林出版，君特·格拉斯为这本书创作了十三幅插图。

1965年为亨策的歌剧《年轻的领主》作词。1968年获得奥地利国家文学奖。1971年长篇小说《马利纳》在法兰克福出版。1972年短篇小说集《同时》在慕尼黑出版，获得安东·维尔德冈大奖。1973年9月25日晚，巴赫曼在罗马的住屋因烟蒂起火被烧，由于全身大面积烧伤和用药过度，10月17日，诗人在罗马逝世。

巴赫曼的创作大致可以分作两个阶段，前段主要是诗歌创作阶段，集中于1945—1956年间，后期以小说创作为主。巴赫曼的诗多属自由体，多采用象征性的手法，表现人类所遭受的威胁与获得拯救的情景，正如美国诗人查尔斯·西米克所说的，"巴赫曼的诗是疏离与乡愁之诗"，是"超越词语的失落的哀歌"。巴赫曼的人生和写作生涯颇多坎坷，毁誉参半，自从巴赫曼走上文坛，她始终是当代德语文学界关注的焦点之一，更是批评家们热衷讨论的对象。而今，她已被奉为奥地利当代最优秀的作家之一。

（周瓒 注）

在墙后

我像山谷的春天里
悬在枝头的雪,
像因风飘动的冷泉,
像水珠
滴落百花,
它们凋腐,围着它
像围着一片沼泽。
我是那老想起死亡的生灵。①

我飞行,因为不耐安静地走,
穿过普天之下的结实楼屋,
推倒柱墩,掏空墙壁。②
我警告众人,因为夜里无眠,
以大海的遥唤。
我攀上瀑布的巨口,
从山巅推落喧嚣的卵石。③

我是忧天者之子，

悬身和平与欢乐之中，

像光阴脚步里的钟声隐隐，

像成熟季节里田间的镰刀晃晃。

我是那老想起死亡的生灵。

(欧 凡 译)

---

① 死亡或对死亡的敏锐意识是诗人最根本的写作动力，"老想起死亡的生灵"即指称诗人。"老想起"，带有一种无奈和承受意识的语气。死亡也是巴赫曼最重要的写作主题之一。
② 这也是具有破坏性力量的灵魂。
③ 从毁灭性的破坏到"警告众人"，诗人又如先知者。

被缓期的日子

更艰难的日子正在到来。
被暂准缓期的日子
已隐现在地平线上。①
不久你该系好鞋带,
把猎犬赶回湿地上的庄院。
因为鱼群的内脏
已被风吹冷。
扁豆草灯光泽微茫。
放眼雾空:
被暂准缓期的日子②
已隐现在地平线上。

远处,你的所爱正向沙中沉陷,
它在她飘扬的发丝间攀爬,
它打断她的话,
它命令她别做声,
它发现,每次拥抱后,

她都伤心欲绝，
同时又乐意离别。③

别环视四周。
系上你的鞋。
赶回猎犬们。
把鱼丢回大海。
吹灭扇豆草灯！④

更艰难的日子正在到来。⑤

(欧 凡 译)

---

① 对"更艰难的日子"的预感使得诗人意识到现在只是被"缓期的"，汉语的"缓期"往往与"惩罚"等不祥的结果相连。对于经历了二战的诗人而言，这首诗"以新的诗风突出表现了二十世纪五十年代初德语文学的主题，告诫人们不能忘记惨痛的历史，错过打开新的历史篇章的良机，因为'更艰难的日子正在到来'"(韩瑞祥《巴赫曼作品集》"编者前言")。

②"被暂准"中的"批准"指令到底是谁发出的呢？这样的感受背后隐含着一种深刻的命运感。

③ 这一节中的"它"和"她"是理解诗的关键。如果把"她"理解为爱情中的一方"你的所爱"，那么"它"似乎是指逼近的"被缓期的日子"。

④ 带着命令口吻的句子强调了一种自我激励，一种肯定。

⑤"正在"是对流逝的时间的体认，巴赫曼的诗总有一种混杂着内疚和自责的不祥的预感，而诗的主题与历史创伤和灾难紧密相关。

大熊星的召唤

大熊①,下到人间吧,在蓬乱的夜,

你这云裘之兽,老眼昏昏,

明灭似星辰,

你的利爪,闪闪发光,

穿透了灌木丛,

闪亮似星辰,

我们警觉地看守畜群,

虽然受你咒住,不放心

你的疲惫的腰,和锐利的

半露的尖牙,

你这老熊。

你们的世界:松果一枚。②

你们:果上的鳞皮。

我追它,滚它,

自太初之松

至末尾之松,③

嗅一嗅它，试试我的牙，
然后用爪把它攫住。

惧怕吧！——或者也别！
向捐款袋④里投些钱，
对那盲汉说些好话，
好教他把熊拴住。
把羊肉煮得香些。

有可能，这头熊
会挣脱锁链，不再是恐吓作势，⑤
而是扑向颗颗松果，落自
巨大的、翼张的、
自乐园栽落的群松。

(欧　凡　译)

---

① 在古希腊传说中，大熊星座中的大熊是指被宙斯迷奸生下儿子阿卡斯，继而因被赫拉嫉恨而化为星座的仙女卡利斯托，阿卡斯则化为小熊星座。此诗中的大熊象征古老而凶残的力量。

② 此节是以"大熊"的口吻说话。"你们的世界：松果一枚"，松果是美好世界的象征，然而在大熊眼中，却是可以任意玩弄和蹂躏的食物。

③ "太初之松"和"末尾之松"暗示了大熊所代表的古老暴力的恒久存在。

④ 一般指教堂里慈善募款的口袋，上系小铃。

⑤ "有可能""挣脱锁链，不再是恐吓作势"，预示了现实的危机。

初生之地

我投向我的初生之地,
投向南方,赤裸、一无所有,
直到海边的弱土之带
才见到城市和堡垒。

被灰尘踩进睡眠,
我躺在光里。①
满敷爱奥尼亚②的盐,
一株树的骨架当空而悬。

没有梦落下。

没有迷迭香绽放,
没有鸟儿在泉边,
清洗它的歌声。

在我的初生之地,在南方,

毒蛇跳到我身上,
带来晴光下的战栗。③

噢闭上
你的眼,闭上!
把口含住食物!

当我啜饮自己,
当地震频频撼动
我的初生之地,
我矍然醒来。

于是爱情落向我。④

石头并未死去。
灯芯跳起,
当我以一瞥把它点燃。⑤

(欧 凡 译)

---

① 诗人的出生之地是奥地利，在德国之南。而如诗人所描述的，"投向南方"直到"海边的弱土之带"，那已经是出了奥地利，接近地中海岸，诗人想象自己是在地中海阳光下出生的。诗人晚年长期寓居罗马。

② 小亚细亚西岸中部及其附近爱琴海岛屿的古称。原为古希腊领土，后迭经吕底亚、波斯、马其顿、罗马占领。今属土耳其。

③ 在西方文化中，毒蛇是邪恶与性的象征，诗人对于自己出生于二战中被纳粹德国政府吞并控制的奥地利有一种爱恨交织的情感。

④ 这一句中出现的"爱情"一词，德文原文和英译本分别是"Leben"和"life"，即"生活"之意，汉译本疑为误译。

⑤ 诗人努力以自我的意志战胜"初生之地"带给她的压抑与沉重，渴望点燃灯芯，带来生命之火。

流　亡

我是游魂①

没在任何地方落籍

各级衙门对我一无所知

超编在众金色之城

在绿色之土

早就被除名

早就一无所有

除了风除了时间除了响动的音

我无力生活在人群②

我随着德语

这缠绕着我

而我也以之为家的云团

飘游在众语言之间③

噢这云团是怎样地化作乌云

这些阴暗的这些雨的音符

落下者寥寥

它把死去者升往明亮些的地境④

(欧 凡 译)

---

① "游魂"一词非常形象地描述了流亡者的存在状态。

② 不能在人群中生活的灵魂是孤立的、孤独的,所以有一种无力感,无助感。

③ 虽然诗人对于纳粹吞并奥地利的二战记忆具有深刻的反省和批判,但她也明白自己的写作语言是德语,是她以之为家的云团。在这一点上,她与策兰的经验是相同的。

④ 诗人渴望通过自己的写作,能够获得使死去者救赎的力量。

詹宁斯 [英国]

伊丽莎白·詹宁斯（Elizabeth Jennings），1926 年出生于英格兰林肯郡的波士顿城，六岁时随家人移居牛津，度过一生的绝大部分时光并终老于此。她应该是位早慧的诗人，据说在十三岁时就喜爱上了诗歌并在老师和叔父的鼓励下尝试写作。1945 年到 1949 年詹宁斯就读于牛津的圣安妮学院，那里的知识氛围为她的写作提供了便利，也结识了后来的运动派诗人，她早期的一些诗作就发表在由金斯利·艾米斯和詹姆斯·米歇尔编辑的《牛津诗歌》上。

大学毕业后，詹宁斯做过几年图书馆员和出版审稿人。她的诗受到霍普金斯、奥登、格雷弗斯和缪尔的影响，但直到二十七岁时她才出版第一本诗集《诗作》。她的第二本诗集《观看之道》为她赢得了萨姆塞特·毛姆奖，并引起了人们的关注。她用这笔奖金去了意大利，在罗马度过了三个月。在这期间，她接受了天主教信仰，并写出了诗集《世界的感觉》。六十年代初，她因为精神疾病在医院住了一段时间，病愈后出版了诗集《痊愈》和《心中有山峦》。

在写作上詹宁斯是位快手，也称得上高产。在她五十多年的创作生涯中共出版了二十七部诗集。她和拉金、汤姆·冈、金斯利·艾米斯等人被称为"运动派"诗人，尽管这不是一个严格意义上的诗歌群体，也有人拒绝这一称号，但无疑他们在写作上具有某些共同的特点。除写诗外，她也写过一些评论文章，出版过评论集《每一个变化的形态》。詹宁斯一生未婚。她把自己的一生献给了她的信仰和诗歌。她在写作生涯中获得过很多荣誉，包括W.H.史密斯文学奖和C.B.E奖。2001年，詹宁斯逝世于牛津巴姆普顿的一家护理中心，被安葬在牛津的沃尔沃科特墓地，享年七十五岁。

伊丽莎白·詹宁斯和菲利普·拉金同属运动派诗歌的重要成员，他们之间有一些共同点，比如两人都没有结过婚，也都当过图书管理员，在写作上也都具有反现代派倾向，力主恢复英诗的本土传统，坚持口语写作，以普通人的视角从日常生活的细节入手，表现个人的经验等。然而詹宁斯的诗风与拉金有很大不同。拉金要更加平实随意，显得自然天成，而詹宁斯则要严整精细，讲究逻辑而富有节制。拉金擅长使用白描，而詹宁斯往往就生活情境的某一点切入，展开想象，并层层抽茧似的深入展开。

詹宁斯长于冥思，想象丰富，但她的想象并非天马行空，恣意而为，而是符合思维中的逻辑，把想象与思辨结合在一起，很好地保持了严谨和深邃，尽管她在题材上略嫌过窄（这与写作经验不无关系，拉金等人也是如此），或带有宗教情怀。就这一点讲，与其他现代诗人相比，她并没有完全摒弃浪漫主义的写法，只是进行了改造。她虽然反对现代主义的诗风，但仍然从艾略特、奥登、史蒂文斯的诗歌中汲取了养分。她说："最好的影响，总是通向个人风格和声音的跳板。"

詹宁斯的诗歌并没有像拉金等人产生那么大的影响，她虽然算不上是大诗人，但却是一位极有特色的诗人，也富有启示性。

(张曙光　注)

一 体

现在他们分开躺着,①睡在各自的床上,
他带着一本书,灯光亮到很晚,
她像个女孩梦见了童年,
所有的人都在别处——他们仿佛在等着
什么新鲜事儿:他手中的书未读,
她的眼盯着头顶的阴影。

像遇难船只的残骸从往日的激情中浮出,
他们躺着,多么平静。他们几乎不曾接触,
即便接触也像一种忏悔,
不带一点感情——或者太多。
贞洁直视着他们,像一个终点,
他们终其一生都在为之准备。

奇异地分开,又奇异地紧紧相连,
沉默像一条线在他们之间穿系,
却不曾缠绕。②时间本身就是一支羽毛

温柔地抚摩着他们。他们知道他们老了吗,

这两个是我父亲和我母亲的人,

我曾从他们的火中而来,现在它是不是已经变冷?③

(舒丹丹　译)

---

① 写一对老年夫妻的冷漠。在这个较为常见的日常题材中寓以冥思和反讽。
② 他们之间的联系只是沉默。这里有一个巧妙的比喻,"沉默像一条线","穿系,却不曾缠绕",笔锋细致犀利。
③ 交待出这一对年老的夫妻与诗人的关系,跌荡,突然把镜头拉近。后一句意味深长。

初秋之歌

看这个秋天在气味中
到来。一切还像是夏天；
颜色完全没有改变，空气
在绿色和白色上清澈地生长。
树荫变得沉甸，田野
丰满。花儿处处开放。

普鲁斯特曾将时间采集在
孩子的蛋糕里，① 他会理解
这一种暧昧——
夏天仍然气势汹汹，而一缕细烟
正从大地上升起，
证明秋天正向我们摸寻。②

但每个季节都是一种
浓郁的怀旧。我们给它们命名——
秋天和夏天，冬天，春天——

仿佛为了从精神上松开

我们的情绪,并赋予它们外在的形式。

我们想要确定的、牢固的东西。③

但我被带回童年,这并非

我愿,在那里

秋天是篝火,弹子球,烟雾;

我靠在我的窗边,

被空气中的回忆围困。

当我说着秋天,秋天碎了。

(舒丹丹 译)

---

① 法国作家普鲁斯特《追忆似水年华》充斥着大量的时间和记忆,其中一块点心("小玛德莱娜蛋糕")唤起了他复杂的记忆,成为文学史上的经典。
② 夏天仍然气势汹汹,而秋天正在摸寻,正是初秋情景。
③ 诗人想到对事物的命名是为了抓住确定、牢固的东西,但却被带回到童年记忆中,常见的景色加上常情,但在写法上却没有落入俗套,带有一点思辨色彩。

纪念那些我不认识的人

在这个特别的时刻①我没有
特别的人要哀悼,尽管一定有
许多,许多我不认识的人正慢慢地
归于尘土,没有人记得他们曾经做过什么,
或还有什么没有做。对于他们,我悲痛,
不偏不火,无法欺骗。

他们怎样生活,或怎样死去,这些都完全不知,
以及,那些给我的悲伤带来纯洁的事实——
一个与我没有关系的重要的人,
或一张模糊的独自漂走的脸。
我记得的这两个或所有的人,都有一处安身之地。
我与他们从来没有面对面地相遇。

感伤会悄悄地爬进来。我要将它赶出去,
希望能给他们永恒的长眠。②
我没有悼文,没有罂粟花,没有玫瑰

送给他们，当然也没有愿望去了解
他们活着或死去的方式。在土里或火中，
他们去了。仅仅因为他们是人，我敬重。③

（舒丹丹　译）

---

① 特别的时刻：可能是指某个纪念日或哀悼日。从这里入手，就那些不认识的死去或正在死去的人，展开思考。
② 逝者已矣，让他们安眠是对他们最好的纪念。
③ 那些死者并非与己相关，也对他们的生活方式不感兴趣，纪念他们，只是出于人的缘故。人类的爱不仅要施于己，施于相关或所爱的人，更要尊重所有生命，包括活着的或死去的。

想起爱

那种欲望① 已经完全消失,

或者说似乎如此,当我躺着,

以天空为被,

想起那些深深的

不为爱人所知的梦境。

现在,独自一人就是

远离孤独。②

我可以伸展我的

腿,手臂,手,

并允许它们完全的自由:

没有人需要取悦。

但很快它③ 就来了——

不仅仅是一种

特殊需要的疼痛,

也是一种全身的饥饿,

好像肉体是一座房子,

有着太多的空房间。④

(舒丹丹　译)

---

① 指爱欲。这首诗表达的也许就是对欲望和肉体关系的思考。
② 独自一个就是远离孤独,暗示双方在一起会更感孤独,也与下面的"自由"和"没有人需要取悦"相关联。
③ 它:或指欲望。
④ 把肉体比作一座空房子。唯其空,才能承载某些东西,如欲望和孤独。

冬天的诗

今天孩子们开始盼望着下雪①

注视着天空盘算着它是否会下。

它不曾有我们等待的征兆,

我们的世界不会被展现在我们思想上的

缓缓下落的雪片安排。②

即使雪花真的会落下

我们仍然会站在一扇窗子后面

不被它触动,看着孩子们把他们的

形象强加给堆积的雪,安排着

他们以为他们制造出的冬天。

这是一个明智的幻觉。相信

附近的世界的创造是

由一个心愿,一只成形的手,某只眼睛,

好过躲在心灵的角落,当我们在这么做

仿佛没有世界,没有雪的飘落。③

(张曙光　译)

① 写冬天,从孩子盼望落雪入手。
② 是否下雪不由人的意志决定。意谓思想和愿望无关乎现实。
③ 联想起孩子和成人的不同态度。孩子们有想象,而成人没有。

阿多尼斯［叙利亚—黎巴嫩］

阿多尼斯（Adonis），1930年元旦出生在叙利亚北部滨海省份拉塔基亚的一座小村庄阿尔卡萨宾，本名阿里·阿哈默德·赛义德·伊斯伯尔。因为家境贫困，从小未有机会上学，但他的父亲却引导他进入阿拉伯古典诗歌世界，并使他继承了阿拉伯民族对诗歌的热爱。十四岁那年，当时的叙利亚总统前往附近的塔尔图斯城巡视，少年有机会为总统吟诵了一首自己创作的诗歌，受到赏识，从此由国家资助他上学，先后进入拉塔基亚的中学和大马士革的叙利亚大学，

1954年获得哲学学士学位。

大学期间，阿里苦读法文，能阅读法国诗人的原作，但屡次投稿却不中，于是使用了阿多尼斯的笔名。阿多尼斯是希腊诸神中掌管每年植物死而复生的一位非常俊美的神，原本是叙利亚-黎巴嫩地区的一个神，后来被纳入了希腊神话，但始终保持了其中东闪族人的特性。毕业以后，阿多尼斯进入军队服役，因为参加左翼政党服刑半年。获释后他离开祖国，来到邻国黎巴嫩谋生，没想到入境几分钟以后，叙利亚政府突然宣布全国总动员，站在埃及这边，抗击发动苏伊士运河战争的英、法、以三国，而黎巴嫩恰好是法国的殖民地。于是，他不得不滞留黎巴嫩，随后加入了黎籍。

在贝鲁特，阿多尼斯结识了诗人优素福·哈尔，两人情投意合，于1957年创办了在阿拉伯诗歌史上具有革命意义的《诗歌》杂志。该刊成为阿拉伯先锋诗人的阵地，七年后遭禁。此后，阿多尼斯又主编了文学期刊《立场》，并曾执教贝鲁特大学。1973年，他获得贝鲁特圣约翰大学的博士学位，毕业论文是四卷本的《稳定与变化》，出版后被认为是阿拉伯思想史上一部巨著。1980年，为了避开黎巴嫩内战，阿多尼斯移居巴黎，曾担任索邦大学的阿拉伯语教授。1995年，叙利亚当局宣布，阿多尼斯被开除出叙利亚作家协会，2011年夏天，他在接受科威特一家报纸采访时呼吁总统巴沙尔·阿萨德下台。

阿多尼斯是一位著作等身的诗人、随笔作家、思想家、批评家、翻译家和画家。他用阿拉伯语写作了二十多部诗集，还有十余种文学理论和评论，编选过多部阿拉伯语诗集，并有十多部译诗集（法语诗人）。他还涉足现代绘画，在巴黎举办过画展，他的画常用作自己诗集的封面或插图。阿多尼斯提出了一系列诗学见解，为阿拉伯新诗的发展奠定了理论基础。在他看来，新诗现代化关键在于内容、语言，在于如何看待人生、宇宙观念的革新。诗歌是最崇高的表达方式，应着力探索心灵、爱情、疑问、惊奇和死亡。

阿拉伯世界自古以来宗教气息浓厚，因此，阿多尼斯也与阿拉伯前辈作家一样，对宗教、对人与神的关系特别关注。他的诗歌还深受苏菲主义的影响，无论词语、典故、隐喻、意境都具有浓厚的伊斯兰神秘主义色彩。不过他认为，伟大的诗人总是关注现实并能够洞察现实的："诗人不会有洞察幽玄的眼力，/假如他没有洞察现实的眼光。"阿多尼斯每年返回贝鲁特消夏，译者因此得以与他在2004年再度相逢。近年他曾数次来中国，受到中国诗人和读者的喜爱，其中文版诗集《我的孤独是一座花园》多次加印。

(蔡天新 译注)

歌

睫毛上的铃声

语词的毁灭之痛①,

轮到我上场演说了,

泥马上的一个骑士。

我的肺是诗,眼睛是书②,

在词语的脾胃里,

我驶向泡沫的堤岸,

一个诗人唱着死去

留下这首烧黑的挽歌③

在众诗人面前,

为了天边的鸟儿们。

---

① 一首诗本身就是不断创造并毁灭语词的过程,有时语词的毁灭也是民族的毁灭。
② 肺是用来呼吸的,这句较为出彩,可谓拼贴技艺的妙用。
③ 这首诗选自阿多尼斯的诗集《元世纪的挽歌》。

演说的开始

那个曾经

出现在我面前的男孩 ①

有着一张奇特的脸

他什么也没说　我们只是走着

相互瞥见对方，在寂静的步履中

一条陌生的河流穿越我们中间

我们被一种文明带到一起 ②

还有那些风中飞扬的毯子 ③

尔后我们分离

来到大地的一座森林

被季节的变化之水浇灌

那个曾经的男孩又出现了

是什么让我们在一起

我们必须要说些什么呢？

① 这里的男孩是否阿多尼斯自己,只有诗人自己知道。
② 这里的"一种文明"应指诗歌的文明,想象力的文明。
③ 此处的毯子应指《一千零一夜》里所写的阿拉伯飞毯。

新诺亚 ①

1

我们搭乘方舟,携着泥巴、雨水旅行
我们的桨得到上帝的允诺
我们活着,其余的人都死去了
漂浮在波浪之上,我们的生命
系在塞满天空的死尸的绳索上。
而在天堂与我们之间有一处通道
一扇祈祷的舷窗。

上帝啊为何,你只救我们
在芸芸众生和生灵中?
现在你要把我们送往何处?
是到你别处的领地,还是回我们的故土?
是进入死亡的叶片,还是生命的风? ②
而我们,在自己的血脉中,流淌着对太阳的恐惧
对光的绝望
上帝啊,还有对明天的绝望

那本是新生命的开始。

只要我们不是造物的幼苗

属于地球和它的世代

只要我们保留黏土和卵石

或者其他诸如此类的东西,

那么我们将不会看见

这个世界,它的主和地狱,双倍的事物。③

2
假如时间重新开始

水潜入生命的表面,

我们的地球受到震动,上帝

匆匆赶到我面前,恳求道:"诺亚,救救生命!"

我不会关心他的请求

我会乘方舟旅行,从死者的眼睛里

除去黏土和卵石。

我愿意大开死亡之门,向着洪水

和静脉中的私语

我们已从荒地里返回,

我们已从洞穴里显现，

我们改变了岁月的天空，

我们起航，并未屈从于害怕——

我们没有留意到上帝这个词汇。

我们的约定与死亡同在。

我们的彼岸是一位密友和愉快的绝望。④

我们蹚涉而过铁水的冰冷之海

到达最后的尽头，那未受恐吓的

不留神的上帝和他的话语

渴望一个不同以往的新主。

---

① 诺亚方舟的故事典出《圣经》，但洪水并未从此消失，我们的世界仍需要方舟和救赎。

② 这里的领地、故土、死亡、生命，以及下文的太阳、光、造物、地球、黏土、卵石、世界、主、地狱等词，首字母均大写，且源出《圣经》。

③ 主有的东西，地狱里也有。

④ 因为与死亡有约，故而彼岸是一个密友，但希冀中仍有无望。

伤 口 ①

1

叶子在风中休眠

那是伤口的船只

从相互的头顶坠落下来的年轮

那是伤口的荣耀

从我们的睫毛升起的树木

那是伤口的湖泊。

伤口会在桥上找到

那儿坟墓加长了

忍耐延伸至无穷

在我们爱和死的彼岸。

伤口是一个符号,

伤口也是一处十字路口。

2

语言被钟声窒息

我指明了伤口的呻吟。

为了来自远方的石头

为了化为乌有的干燥世界

为了被老朽的雪橇载送的时间

我点燃了伤口的火焰。

当历史在我的衣袖里燃烧

蓝指甲在我的书里生长,

我大声呼喊着白昼,

"你是谁? 谁把你扔进

我的这片处女地?"

从我的书籍和处女地里

我凝视着这双尘埃的眼睛。

我听到有人在说,

"我就是那个伤口,我出生

与历史一同成长。"②

3
我命你为云,

或离去的鸽子的伤口。

我命你为书和翎毛

从此开始了对话

在我和古老的舌头之间

在书籍的岛屿上

在秋天的大海之上。③

我教这些词语

给风和棕榈,

还有离去的鸽子的伤口。

4

假如我在陆上有一个港口

梦想和镜子的港口,④假如我有一艘船,

假如我拥有城市的残余

假如我拥有一座城市

一片孩子和哭泣之地

我会写下所有这一切为了伤口的缘故,

一支长矛的歌

刺穿树木、石头和天空,

柔软似水

无拘无束,令人吃惊犹如一次次征服。

5
雨落在沙漠上 ⑤
世界装饰着梦想和渴望
倾盆而下,摇动我们,以及带伤口的棕榈,
撕扯爱着伤口的寂静的枝桠,
躺着凝视那尖尖的睫毛和柔软的双手。

世界装饰着梦想和渴望
从我的眉毛上落下
像是伤口的鞭打,
别靠太近——伤口已经很近了
别诱惑我——伤口愈加美丽。
被你的眼睛挥动的魔术
在最后的王国——
伤口超越其上
过去了没留下一条航线
诱惑并拯救,不曾留下
一座孤独的岛屿。

① 这个标题蕴含太多的内容,尤其对阿拉伯民族。

② 此句为妙句、警句,可以用作扉页题献。

③ 此句原意是指有小岛的大海,这是中文没有,英文(archipelago)和阿拉伯文都有的单词。

④ 伤口不妨碍梦想,梦想却是治愈伤口的一副良药。

⑤ 此节写梦想因为沙漠和伤口更加美丽。

追忆童年 ①

即便是风也想

变成一辆马车

被蝴蝶拉动。

记忆犹新的疯狂

我第一次斜倚在

在心灵的枕头上

我与躯体相互交谈

我的躯体是一个观念 ②

我用红笔书写。

红色是太阳最美丽的王座

所有其他的颜色

都膜拜红色的地毯。

夜晚是另一支蜡烛。

每一棵枝桠都是一根手臂,

信息在空中传播

被风的躯体折射。

太阳坚持要穿雾的衣裳

当它遇见我时问道：

我是否被光线呵斥？

哦，我那过去的时光

他们通常行走在睡眠里

我通常靠附在它们身上

爱情和梦想是一对圆括号。

我把我的躯体放置其中

发现了这个世界。

许多次我看见

天空踩着青草的脚丫飞翔

道路踩着空气的脚丫跳舞。③

我的祝愿犹如鲜花

装点着我的生活。

我很早就受了伤，
很早就领会到
伤口造就了我。

我依然跟随那个孩子 ④
他依然在我体内行走。

此刻他正站在光的楼梯上
找寻一个可以休息的角落
以便再次阅读夜的面孔。

假如月亮是一座房子，
我的脚丫将不会踩踏它的门阶。⑤

它们是由尘埃组成的
带我去到不同季节的空气里。

我走着

一只手在空气中，

另一只手爱抚着树木

我想象的树木。

还有一颗星星

一枚卵石，在天空的田野里。

他独自一人

汇入了地平线

可以建筑新的道路。

一个月亮，一个老男人，

他的位置是夜晚

光是他的手杖。

我该对遗弃的躯体说什么呢

它在房屋的碎石里面

我在哪儿出生？

没有人可以叙述我的童年

除非那些在头顶闪烁的星辰 ⑥

它们留下了足印

在夜晚的路径上。

我的童年仍旧会

在一束光的棕榈上出生

我不知道它的名字

谁又会来命名我。

用那支河流他制造了一面镜子

询问它有关悲伤的事儿。

用他的悲痛酿造了雨

并仿制了云彩。

你的童年是一座村庄 ⑦

你永远不会跨越它的边界

无论你走多远。

他的日子是湖泊,

他的记忆漂浮着躯体。

正在下降的你

从过去的山头，

你如何再次攀登它们，

为什么？

时间是一扇门

我无法打开它。⑧

我的魔术已经失灵

我的吟唱睡去了。

我出生的那座村庄

犹如一个子宫。

我从没有离开过它。

我热爱大海而不是海岸。⑨

---

① 此诗原标题是"庆祝童年"(Celebrating Childhood)。
② 疯狂的观念比疯狂的行为容易，尤其在伊斯兰国家。
③ 这两句诗把天空和大地的领地相互作了交换，常人看不见，却被诗人发现并指出了。

④ 这个引路的孩子应是诗人自己。

⑤ 又一神妙的比喻,在这首诗中俯拾皆是。

⑥ 诗人的童年有许多秘密,只有星辰和他自己才知道。相比之下,中国俗语里说,鬼才知道。

⑦ 阿多尼斯的童年是在村庄里度过的。这首诗不断变换着第一人称和第二人称来叙述,进一步丰富了被追忆的童年。

⑧ 又一行警句,既简洁又意味深长。

⑨ 大海是不能没有海岸的,诗人的心也没有离开过他出生的村庄。但他后来生活在贝鲁特和巴黎,那是他游弋的大海。

特朗斯特罗姆 [瑞典]

托马斯·特朗斯特罗姆（Tomas Transtromer），瑞典著名诗人，1931年生于斯德哥尔摩，1954年出版第一本诗集《十七首诗》，成为瑞典诗坛上的一件大事，成名后又陆续出版诗集《路上的秘密》(1958)、《半完成的天空》(1962)、《钟声与辙迹》(1966)、《在黑暗中观看》(1970)、《路径》(1973)、《波罗的海》(1974)、《真理的障碍》(1978)、《野蛮的广场》(1983)、《为生者和死者》(1989)、《悲哀贡多拉》(1996)、《巨大的谜团》(2004)等，先后获得了多种国际国

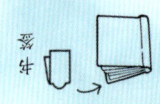

www.99read.com
http://jiujiuts.tmall.com

有了新版后,关注微信
可随时10元抢券

> 死者只能通过活人的嘴,通过他留下的痕迹说话。

《布谷鸟的呼唤》
作者:〔英〕罗伯特·加尔布雷思
(J.K.罗琳化名)

内文学奖,在世界上享有广泛声誉。1990 年,诗人因由脑溢血引发的中风造成右半身瘫痪,并失去了说话交流的能力(据说中风时他正在修改一首诗)。2011 年 10 月,因为"通过凝练、透彻的意象,他为我们提供了通向现实的新途径"荣获诺贝尔文学奖。

特朗斯特罗姆一开始就显示了优异的诗歌天赋,"醒悟是梦中往外跳伞",这是他早年成名作《十七首诗》序诗中的第一句,它不仅如梦初醒般地打开了一种伟大的瞬间,也决定了诗人一生创作的音质。人们喜爱他的诗,是因为它们不像人们印象中的一些北欧诗那样阴沉干冷,而是充溢着一种新鲜、饱满、赋予万物以生命的诗性感受力和想象力,像"此刻,落日像狐狸悄悄走过这国土 / 闪电般点燃荒草 / 天空处处是角和蹄子……"(《果戈理》)这样的诗句,今天读来仍令人惊异。阿多尼斯就曾这样论述特氏的诗:"当我们阅读这些富有动感的隐喻的诗作,我们似乎发现:不是现实创造了诗,而是诗创造了现实","如果说,意象是'话语的黎明'——正如加斯东·巴什拉所言,那么,托马斯·特朗斯特罗姆的诗歌呈现的便是这样的黎明。"(阿多尼斯《在宇宙

的怀抱中》，薛庆国译）

显然，特朗斯特罗姆在艺术上曾受到超现实主义的很大开启，但他却带来了许多超现实主义诗人所缺乏的深度、现实洞察力和凝练程度。他的许多诗正如他自己所说，是一个"聚点"："它试图在被常规语言分隔的现实的不同领域之间建立一种突然的联系：风景中的大小细节汇集，不同的人文相通，自然与工业交错等等，就像对立物揭示彼此的联系一样。"对此，特朗斯特罗姆的中文译者李笠有着很好的描述，他说特氏"总是通过精确的描写，让读者进入一个诗的境界。然后突然更换镜头，让细节放大，变成特写。飞逝的瞬息在那里获得旺盛的生命力，并散发'意义'，展露出一个全新的世界：远变成近，历史变成现在，表面变成深处"。

也许，更让一些中国读者感到亲切的是特朗斯特罗姆的"化简诗学"（这里借用庞德的一个说法）。我不知特氏是否受过中国古典诗的启示，但他显然受过日本俳句的影响。但我想，这都不单是一个风格的问题，这首先出自一种更深、更为本质的体悟，在一次访谈中他就曾这样说："诗人必须……敢于割爱、消减。如果必要，可放弃雄辩，做一个诗的禁欲者。"正因为勇于"放弃雄辩",这样一位诗人一直把自己限定在诗歌自身的范围内。他的作品也大都是一些抒情短诗。但诗的力量和价值并不在于其规模或篇幅。他的这些抒情诗不仅在上个世纪后期曾影响了世界上很多诗人,而且也经受住了时间的考验。

(王家新　注)

水手长的故事 ①

没有雪的冬天,海是山的亲戚
披着灰羽毛蹲着
短瞬发蓝,② 长时间和惨白如山猫的波涛
在沙滩上徒劳地寻找栖地

这样的天气沉船就会走出海面,寻找
城市的警报里静坐的船主,③ 沉没的水手
被吹向比烟斗的烟更细的陆地 ④

(北方有长着尖爪和梦游眼睛的
真正的山猫。⑤ 北方,那里
岁月昼夜都居住在矿里

那里,唯一的幸存者必须坐在
北极光的炉旁,聆听
冻死者的音乐)

(李 笠 译)

① 该诗以故事传奇的叙述方式，写北欧无雪的冬天里的山与海、生与死，它并没有一个通常意义上的故事，但却充满了一种奇异的说不清楚的魅力。

② 在无雪的冬天，海"披着灰羽毛蹲着 / 短瞬发蓝"，这样的隐喻，令人赞叹。

③ 当诗人写到"这样的天气沉船就会走出海面"，故事的主角出场了。这种生与死的相互寻找，不仅想象奇崛，也令人感动。

④ 这一句也令人难忘。在此，超现实的表现手法与意象的精确融为一体。

⑤ 把北方和它的长着尖爪和梦游眼睛的山猫联系起来，道出了北方真正的精神。这一句诗，让人想起了洛尔迦《梦游人谣》中的"山像野猫似的耸起了 / 它的激怒了的龙舌兰"。

1966 年——写于冰雪消融中 ①

奔腾,奔腾的流水轰响古老的催眠 ②

小河淹没了废车场,在面具背后

闪耀 ③

我紧紧抓住桥栏 ④

桥:一只驶过死亡的大铁鸟 ⑤

(李 笠 译)

---

① 有人称这首诗为一首"伟大小诗",的确,它虽然只有五行,却凝聚了诗人对生与死、自然与历史的强烈感受,在各种元素的聚集和交错中,具有了启示录一样的诗意效果。
② 诗的第一句就不同寻常,冰雪消融不仅带来喧腾的流水,而且还轰响了"古老的催眠",它揭示了大自然的那种神秘之力:它是催眠,又是伟大的唤醒。
③ 当喧腾的河水淹没了废车场(有人译为"汽车公墓"),生命复活的容颜就在"面具"、在工业文明社会那些不堪一击的掩体背后闪耀——它甚至就在那里看着我们!

④ 这一句更具有力度和紧张感:"我紧紧抓住桥栏",它道出了"我"在生与死的洪流中一瞬间的抵抗与挣扎、希望与恐惧。

⑤ 全诗到最后,以"桥:一只驶过死亡的大铁鸟"这个惊人的意象,使语言之弓达到了最大程度的饱满。

七二年十二月晚 ①

我来了,那隐形人,也许受雇于一个
伟大的记忆,为生活在现在。② 我走过

紧闭的白色教堂——一个木制的圣人
站在里面,无奈地微笑,好像有人拿走了他的眼镜 ③

他是孤独的。其他都是现在,现在,现在。④ 重量定律
白天压着我们工作,夜里压着我们睡觉。战争

(李 笠 译)

---

① 这首诗同特氏的许多诗一样,把多个层次压缩在一起而又透出一种语言的张力,或可说,它具有一种"复调"(这是特氏另一首诗的题目)性质:到来的"我"与"隐形人",现实与记忆,在与不在,如此等等,一并在同一架乐器上演奏,到最后把我们推向"战争",推向与现实的"重量定律"的搏斗。

② 到来的"我"与受雇于记忆的"隐形人",一开始就有点浑不可分,他们同时到来,"为生活在现在",为了进入"当下"。

③ 这个联想性的细节,不仅活现出"木制的圣人"的无奈,也很耐人寻味。这个"木制的圣人"不仅已无法救我们,自身也处于一个尴尬的位置。这就指向了全诗的一个主题性背景:神在现代生活中的缺席和失效。

④ 这种词语的重复和强调,一步步把我们楔入到当下的现实之中。我们被这样的诗所抓住,就因为它在今天对我们仍具有一种深切的"现实感"!它确定了一种"永恒的当下"。

自1979年3月①

厌倦②所有带来词的人,③词而不是语言
我来到雪覆盖的岛屿。
荒野④没有词。
空白之页朝四面伸展!
我碰到雪上鹿蹄的痕迹。
是语言而不是词。⑤

(李 笠 译)

---

① 这个以具体时间为题的标题是有意义的。从这一天起,它标志着一种新的觉悟,一个新的开始。
② 这是一个经历了很多的人才有的厌倦,这也是一种伟大的厌倦。
③ 正因为身处被"常规语言分隔的现实",身处充满了陈词滥调的现实,诗人厌烦了所有带来词的人,他与许多现代诗人一样,把发现、变革和刷新语言作为了自己的艺术目标。我想,这也正是特氏对现代诗歌及诗学的一个贡献。读他的诗,我们每每惊异于他对语言的发现,以及他那种新颖、独到的诗歌隐喻的能力。

④ 这里的"荒野",也就是一个诗人要摆脱种种陈词滥调和文化因袭,最终要抵达的"语言的荒野"!

⑤ 诗人在这里只写到"雪上鹿蹄的痕迹",而它就是一切。在另一首《冰雪消融》中他还这样写道:"灌木中词在用新语言呢喃:/元音是蓝天,辅音是黑色枝杈,它们在雪中漫谈。"这就是他所梦想和创造的语言。

记忆看见我 ①

六月的一个早晨,醒来太早
但返回梦中已为时太晚。②

我必须出去,进入坐满记忆的
绿荫,记忆用目光跟随我。

它们是无形的,它们和背景
融化在一起,善变的蜥蜴。③

它们如此之近,我听见
它们的呼吸,尽管鸟声震耳欲聋。④

(李 笠 译)

---

① "记忆看见我",这个标题就意味着记忆本身是一种有生命的存在,我们其实一直生活在它的"目睹"之下。

② 第一节就为全诗设定了一种张力：人一方面"受雇于记忆"，另一方面又要摆脱记忆的纠缠，像诗人在另一首诗中说的那样："从遗忘大学毕业"，"两袖清风，就像晾衣绳上的衬衣"(《牧歌》)。
③ 这样的隐喻，独到、贴切，而又意味无穷。
④ 这里的描述如此真切，是因为诗人与记忆已达成了更亲密、更深刻的关系。这也显示了诗人在诗学上的努力，无论写记忆，还是写现实事物，他都要传达出其"鲜活的品质和生命的律动"。

艾基［俄罗斯］

肯纳基·艾基（Gennady Aygi），1934年8月21日出生于苏联楚瓦什自治州的沙姆尔季诺村。这是远离俄国文化中心的一个偏远山区。楚瓦什人现有居民约两百万人，系古代的匈奴人和保加利亚人的后裔。他们普遍有一种泛神论的观念，认为山川河流都是神祇的体现，森林有自己的语言，它们也会说话，已逝的父辈们的肉身就栖居在这些树木中间。这种略嫌原始的观念恰好为艾基今后的写作保持了某种童真性。

早年，艾基用本民族的语言进行写作。1949年，艾基在《雅拉夫》杂志上发表了处女作。1953年，他进入高尔基文学院学习，在那里开始自学法语，接触到了波德莱尔的诗歌，逐步在个人意识中确立了诗歌的现代性追求，同时对勒内·夏尔产生了浓厚兴趣。此外，他也大量地阅读了存在主义哲学家，如克尔凯郭尔、尼采等人的著作。1958年，他因"创作反动诗歌，挖社会主义现实主义创作方式的墙脚"的罪名被文学院开除。1961年至1971年，艾基在马雅可夫斯基博物馆担任管理员。这段时间的学习和工作帮助艾基弥补了此前知识和学养上的不足，让他对俄罗斯诗歌的历史有了更清晰的了解。马雅可夫斯基的奔放、自信和反叛精神，以及雕塑般质感的语言探索，对艾基无疑有着典范性的意义。

五十年代，艾基一度在莫斯科郊外的佩列尔金诺作家村居住，有幸与帕斯捷尔纳克成为邻居。这种交往对艾基的生活和写作产生了重要影响。一方面，他引起了特工机关的注意，成为被监控的"持不同政见"诗人；另一方面，在后者的建议和鼓励下，艾基开始将楚瓦什语诗歌译成俄语，并将俄语诗歌译成楚瓦什语。与此同时，他自觉开始了非母语——俄语的写作。艾基的这一转变是耐人寻味的，或许正是对母语的暂别，使得他在一定距离内摆脱了母语的惯性和夸饰性羁绊，获得了"不得不"的简洁，同时其母语的泥土味又为他抵御俄语的俗套提供了一定的免疫力，从而为俄罗斯诗歌的个性化写作接续了重要的一环。

在格律体占主导地位的俄国诗坛，艾基写作的另类特征十分明显。除上述特征之外，他一直坚持自由体的写作，这筑基于如下的认识："诗的节奏和韵律发自一首诗内在结构的需求，只有在必需时，这些外在形式的东西才能变成某种意义上的反叛。但一般来讲，韵律总是束缚思想、与自由相悖的。"他渴望在形式上创造最自由的状态，以对抗一切专制的束缚，哪怕是仅仅来自语言的暴力。另外，艾基在写作中大量使用省略号与破折号，借此留下了自由联想的足够空间。艾基诗歌的另一个特点是对虚词别出心裁的运用，有时它们甚至起到了某种"兴"的意味，在诗歌中构成一种缀连和停顿，为人们的想象力提供一个站台似的空白。有意思的是，为了表达自己对世界的那种最细微的感受，艾基有时用连字符，兼容其中的双重涵义，有时则自造单词，如"中光""初光"等，用以传达全新的意义指向。

自六十年代开始，艾基的诗歌就在世界各地得到传播，许多作品被译成了欧洲各种语言。与此同时，他本人及其创作在老一代诗人中间引起极大的争议，褒之者认为他的写作代表着一种新的趋向，具有更强劲的生命力；贬之者则批判这种写作从形式到内容的异端性。在保守势力占据上风的苏联时代，艾基的写作主要以"地下状态"进行，他得以在俄罗斯本土出版第一本诗集的时间是1991年。

2006年2月21日，俄罗斯自由诗的一颗心脏结束了最后一次搏动：艾基死于莫斯科。

（汪剑钊　译注）

胚 芽①

让我来到你们中间

像一枚污秽的硬币

在光滑的丝袋里

混迹于簌簌响的旧纸币:

竭力发出金属的响声

不与任何事物冲撞,只为发出最强音

当低音提琴响起

当记忆浮现

童年的风

在秋天早晨化成如烟的雨滴——②

请让我站立

如一个衣帽架

在我身上可以

悬挂的不仅是雨衣

而且可以是比雨衣更重的

物体 ③

当我不再相信自己
让血管的记忆
还给我坚韧的毅力
可以重新在脸上感觉到
眼部肌肉的压迫

---

① 诗题为"胚芽",实际意指的是尚未成形的思绪,一长串互不连贯、却有强大生命力的意识流。
② 由童年的风化成如烟的雨滴,把记忆进一步具体化,以推进到下一节对雨衣的思考。
③ 比雨衣更重的是什么?生活,人本身,心?诗没有标准答案,读者尽可展开自己的想象。

死 ①

妈妈正在死去,
头巾还不曾从头上摘去,
唯一的一次
我为她家织布裙

寒酸的样式而哭泣。

哦,雪多么安静,
仿佛有昨天的恶魔
用翅膀将它们抚平,②

哦,雪堆多么富有,
仿佛在它们下面——
埋伏着异教举行祭祀的

一座座山峦。③

而小小的雪片

不断给大地嵌入

一个个神的象形字符……④

---

① 死亡是一个永恒的主题，但阐述这一主题的形式却多种多样。艾基选取的是母亲弥留之际的场景，以此展开自己的思考。
② 雪与死亡似乎有一种隐秘的联系，它的安静给人以暗示。
③ 接上一节以雪堆来指示坟墓式的"山峦"，以"异教"的"祭祀"为自然现象与人的意识打开了一个通道。
④ 雪片与"象形字符"的联想，给人意外但不失情理的感受。

寂　静 ①

仿佛
你透过染血的树枝
迎着光攀爬

这里甚至连梦也如同
肌腱的网

有什么办法，我们在大地上
混在人群中玩耍

而那里——
有云彩的庇护所，
神祇之梦的
隔离间，
和被我们打破的、我们的寂静，

由此在某个底层

我们使它变得

可见可闻 ②

我们在这里用嗓音说话

可以被颜色的明暗所觉察

但是无人能够听到

我们真正的嗓音,

而正在变成最纯洁的一种颜色,

我们相互不可能了解。③

---

① 在艾基的诗歌中,寂静是一个非常重要的关键词。就某种意义而言,寂静是喧嚣尘世的一个本源,仿佛是巨大的"无",孕育着一切。

② 寂静没有颜色,也没有气味,但在诗人的感受域中却是可见可闻的,这是通感的力量,也是艾基独特的发现。

③ 纯洁的颜色,这又是一个颇具艺术意味的组合,它承接"可见可闻",同时回到声音,牵出"嗓音",进一步带出不可了解,结尾神秘或者变得暧昧。

八月的一个早晨

我们把白昼藏到自己不能发现的地方 ①

仿佛把花园的树叶藏进密室

它安静地躲起来

这是孩子们在里面玩耍的屋子——

独立于我们

与我们毫无关系

在详尽的展露中让这光创造你

与此同时永远离去的人

将打上它的烙印:

任何地方所有的门窗都被打开

树枝撕扯着光

自我们中间唯一

痛苦的

和在我们上空的

中光的摇摆 ②

背后很久以前就保存了

羞怯面庞的映射

在初光的最深处

---

① 白昼是自然界的现象,它与黑夜交替,并不以人的意志为转移。诗人却把白昼藏了起来,甚至藏在一个自己不能发现的地方。这是一个有趣的陈述。
② "中光"和下文中的"初光"均为作者生造的词,原文为 межсвет(英译为 midlight), первосвет(英译为 firstlight)。

关于 K 的对话——致奥尔加·玛什科娃

大地不过是思想①——可以自由拜访:

变化着:

有时是我所知道的
思想那就是——布拉格:

那时我看见
城市中的一座坟墓②——

它——就像忧伤—思想③:

大地是痛苦……他的——仿佛那思想
而今是如此地持续不断!

我要说出那坟墓"梦":

唉——受创的我们怎么也不相信现实——

他——看起来就像做着

别人的梦：

似乎没有终结：

我的 ④

---

① 把大地比作思想，自由的精神漫游由此而成立。

② 城市中的坟墓，既是冥想的产物，又是对工业文明的一种反思。

③ 忧伤与思想以连接符串起，上承坟墓之意味，下启大地的痛苦。

④ 梦是"别人的"，也是"我的"，这是对世界之真实的怀疑，同时也是诗性的肯定。

希尼［爱尔兰］

谢默斯·希尼（Seamus Heaney），1939年出生在北爱尔兰伦敦德里郡（后改郡为区）一个叫毛斯邦（Mossbaum）的农场，就在英国最大的湖泊内伊湖西北角。谢默斯在盖尔语里相当于英语的詹姆斯。他家世代务农，他是家里9个孩子中的老大，他的父亲有10个兄弟姐妹，而他的母亲家族则从事亚麻布生产。正因为如此，希尼后来调侃说，他的家族融合了盖尔人的畜牧业和爱尔兰人的工业革命。

十四岁那年，希尼的家族搬迁到几英里外的另一农场贝拉希（Bellaghy），直到如今。1957年，希尼进入贝尔法斯特的皇后学院攻读英语语言和文学。有一天，他读到年长九岁的英国诗人特德·休斯的诗集《牧羊神》，开始了写诗。"突然之间，当代诗歌那些事儿构成了我生活全部。"1961年，希尼以一等荣誉学位毕业，任教于当地一所教师培训学校，结识了一批诗歌同道（后被批评家称为"贝尔法斯特小团体"），开始发表诗作和文章。

1966年，法布尔出版社出版了希尼的处女诗集《自然主义者之死》，以大量的篇幅回忆了童年生活，得了不少奖项，也奠定了他的诗歌地位。三年后，又一部力作《通向黑暗之门》问世，标志着诗人开始关注爱尔兰民族的历史。1972年出版的诗集《在外过冬》则是诗人基于爱尔兰的宗教政治冲突，寻求表现民族苦难的意象和象征的结果。

二十世纪七十年代以来，希尼成为国际知名的诗人和文学教授，频频往来于大西洋两岸，伯克利、纽约和哈佛，剑桥和牛津，伦敦和都柏林全向他伸出橄榄枝。1995年秋天，他和妻子在希腊度假，斯德哥尔摩方面宣布他获得诺贝尔文学奖，理由是他的作品"具有抒情诗般的美和伦理深度，使日常生活中的奇迹和活生生的往事得以升华"。

希尼的作品通常与其周围环境有密切关系，这样一来，就不可避免地与爱尔兰尤其是北爱尔兰发生联系。从一开始，他的作品里就有很多宗教意味和暴力因素，并且与历史甚至史前史的教训有紧密联系。另外，希尼对家庭成员的性格也十分关注，这使得他的很多作品都与自己的家庭史相关，可以说是反映家庭成员的悲歌，而他自己也承认了这一点。

不可否认，盎格鲁-撒克逊对希尼的写作影响深远，毕竟他是科班出身。可是，希尼出生在北爱尔兰并在那里长大、接受教育，他更愿意把自己看成是爱尔兰诗人而不是英国诗人。虽然历史上两国有数个世纪合在一起，但宗教信仰不同。爱尔兰人信奉天主教，而英国人是新教徒，这可能是他定居都柏林而不是伦敦的重要原因。1966年到1972年，希尼在母校任文学讲师，亲历了北爱尔兰天主教徒为争取公民权举行示威而引发的暴乱。

希尼的诗作淳朴自然，字里行间散发着故乡泥土的芬芳。他以现代文明的眼光，冷静地挖掘、品味爱尔兰民族的精神。他虽有学院派背景,却绝不孤芳自赏。希尼不仅是诗人,还是一位诗学专家,曾长期担任哈佛大学和牛津大学的诗学教授。出版的重要诗学文集包括《舌头的管辖》(1988)、《诗歌的纠正》(1995)。2000年,希尼曾拒绝出任英国的桂冠诗人。2006年,诗人一度中风,后逐渐康复,但减少了外出,更多地处于冥想之中。2013年,希尼去世,享年七十四岁。

(蔡天新 译注)

奇游之歌 ①

爱的秘密确实在灵魂中萌动,
然而躯体是记录心迹的册页。②

1
绑紧,推出,升降机举起,扣牢
就位,可以开车了,
骨头酥动,颠簸着疾驶,

护士挪至前排,你坐在
她空出的边角位置,我平躺着——
我们的姿态一路保持不变,

一切已说出,尽在无言中,
我们的眼神电光般相触,没有一次运输
如此这般,在有阳光的寒冷中

那是个星期天,一辆救护车上,

哦，我的爱人，我们可以引用邓恩
关于消停之爱的诗句，身体和灵魂分离。

2
分离：这个词恰似一记钟声，
被教堂司事马拉奇·博伊尔摇响
彼时③在贝拉希④，

我在德里轮值学院敲钟人时
也鸣响过，拉拽绳索的感觉仍留在
我那曾经温热自如的手⑤

直到掌根，你全程拉着它
用你的手焐热，我却感觉不到，
它笨拙地垂挂着，像一条钟绳，

而我们全速驾过邓格洛、
格林多安⑥，我们迷醉的对视被一根
吊起来的静脉输液管截成两半。

3
德尔斐的御夫⑦还在坚持,
他的六匹马和战车均已不见,
他的左手也被砍落。

唯有凸出的手腕,像开口的喷头,
青铜缰绳在他右边飘忽,眼神所示
空荡如战队当年所在的地方,

他那凝视前方、挺直脊背的姿势像是我
在走廊里做着理疗,坚持着
仿佛我又一次在两条泥沟之间

步调一致,另一只手把着我的手,
犁头的每次滑动,它触碰的每块石子
都犹同脉跳,能从木制手把上感觉到。

① 原标题 Chanson d'Aventure 是法文，此诗收入希尼 2010 年出版的诗集《人链》中。2006 年，诗人在参加朋友寿宴时突然中风，半身不遂，口不能言，被救护车送至医院，诗人妻子一路陪护。诗人在这首诗中描述了这段旅程，同时表达了对妻子深情的爱。

② 此句出自英国玄学派诗人约翰·邓恩（John Donne）的名诗《心醉神迷》。

③ 此处为拉丁文 in illo tempore。

④ Bellaghy，北爱尔兰的一座农场，当年隶属德里郡，希尼一家于 1953 年搬到这里。

⑤ 此句改编自英国诗人济慈（John Keats）的诗句："这只活着的手，如今温热而自如。"

⑥ Dungloe，Glendoan，均为地名，在爱尔兰西北部，也可能是都柏林的街区地名。

⑦ 指的是 1896 年在希腊德尔斐（Delphi）阿波罗神庙废墟出土的一件古希腊青铜雕塑。诗人在做康复理疗时以古希腊战车御夫激励自己，同时回忆父亲手把手教自己耕犁的情景。

饮 水

每天早上她都要去取水,

像只老蝙蝠,摇晃着走过田野:①

水泵的百日咳,水桶的声音,

桶快满时响声渐渐减弱,②

及时提醒她。我记得

她灰色的罩裙,水桶上

有斑点的白釉,她的嗓门

吱吱嘎嘎响像是水泵的把手。

记得那些夜晚,满月飘过山墙,

月光穿越窗户飘落到

摆在桌子上的杯具。又一次

我低下头伸嘴去喝水,

铭记她杯上镌刻的忠告,③

掠过唇边,"毋忘赐予者"。

———————

① 从蝙蝠的意象可以判断,她是挑着扁担或拎着两只水桶去取水。

② 观察细微,水桶快装满时声音减弱,如果没有长年在农村生活,没有投入感情,很难注意到这点。

③ 在家中出现了 her(她),表明她是奶奶或外婆。

挖　掘

在我的拇指和其他手指之间①
一支粗壮的笔躺着，惬意自在像一把枪。②

我的窗外，传来一记清晰而粗粝的响声
铁铲切进了碎石遍布的土地：
我爹在掘土。向外望去

我看见花圃间他那扭动的臀部
弯身、直腰，二十年弹指一挥
在番薯地里有节奏地起伏，
他在掘土。

粗劣的靴子踩在铁铲上方，长柄
贴着膝盖内侧用力撬动。他把表层厚土
掀起，再把发亮的铲尖深埋下去，
新鲜的番薯露出来，被我们捡在手里，
又凉又硬的感觉好爽。

说真的，这老头儿使铲的模样
与他的老头儿如出一辙。③

我爷爷一天挖的泥炭 ④
比托莱沼泽地上任何人都多。
有一次我给他送去一瓶牛奶，
用纸团轻塞住瓶口。他直起腰

喝掉，接着又干开了，
利落地把泥炭截断、切开，将草皮
撩过肩头，继续向下挖
为找到好泥炭。他在掘土。

松软的番薯地里的寒气，湿润的泥炭地上的
嘎吱声、掴掌声，铁铲切断薯根的短促声响
在我的脑海里久久徘徊。
但我已没有铁铲去跟随前辈。

在我的拇指和其他手指之间

有一支粗壮的笔躺着。

我要用它去挖掘。

---

① 英文里的 finger（手指）有时专指大拇指以外的手指。

② 笔是全诗点睛之词，与枪比是虚晃一枪，铁铲才是它要比的。开头亮个相，结尾收拢。

③ 这节和下节对爷爷的描述非常必要，才有末两段自己的职业继承问题。

④ turf（泥炭），又称草炭或泥煤，是几千年形成的天然沼泽地产物，是煤化程度最低的煤，是煤最原始的状态。早年爱尔兰家庭的烧火材料。

学期中断

整个上午我都坐在学校医务室里,
一次次数着那几声下课的铃响。
两点钟,我的邻居们用车接我回家。①

在过道里,我看见父亲在哭泣——
平时遇到丧事,他总能从容应对——
大块头的吉米·伊文斯说这是个沉重打击。

我进屋时小妹咕咕作响,一会儿笑着
一会儿晃动摇篮,我略显尴尬
当大人们站起来与我握手,②

他们跟我说,"我们很难过"。
有人低声告诉陌生人我是老大,
在外地上学,而我母亲抓着我的手

边咳嗽边发出愤怒无泪的叹息。③

十点钟，救护车到了，运来
护士们止过血、包扎好的尸体。

翌日早晨我走进屋里，雪花莲和蜡烛
装饰着床榻的周边。六个星期以来
我头一次见到他。脸色苍白，

左侧太阳穴上有一块紫色的淤血，
他躺在四尺长的箱子里，就像躺在童床上。
没有明显的外伤，保险杠利索地将其击倒。

一只四尺长的木箱，一岁一尺长。④

---

① 弟弟突然车祸去世，家长告知学校要来接在外上学的主人公，恐怕没有告知实情，因此此节仅描述忐忑不安的心情。安排在医务室里是为了与下面的救护车呼应，否则也可以在阅览室里。
② 此节的小妹是 baby，应该是希尼最小的弟妹。略显尴尬是因为乡下，老人与孩子握手是少见的礼节，这样描述凸显"难过的心情"。

③ 弟弟是被别人的车撞死的,全诗通篇未谈及事故发生的时间、地点和肇事者,是因为他认为,死亡这件事太重大了,死因与之相比根本不值一提。

④ 此句是全诗的眼睛,不仅提醒读者孩子死亡的年纪,也表达了诗人的沉痛之心。希尼做了父亲以后,用他死去弟弟的名字命名自己的儿子。

不法之徒 ①

克利养了一头无执照的种牛,远离大路
去那儿需要冒罚款的风险,且必须支付

正常的手续费,假如你的母牛有配种要求。
有一次我牵了一头胆怯的黑白花母牛 ②

沿着一排花絮纷飞的粗大杨树,
来到那间关着公牛的棚屋跟前。

我给了老克利一枚特油腻的银币,为啥?
我自己也不清楚。他只哼了一声,"去吧,

进那扇门里头。"我站在一块高地上
目睹了那次煞有介事的交媾。

门打开时,吧嗒一声撞到了墙边。③
那头不法的公畜在栏里不慌不忙

像一辆老式蒸汽机车换轨一般,慢慢地
调转过头,哼着、嗅着。情定气静,

宛如一个圆滑的商人在从容应酬;
然后他猛然跃起,那熊样让人讨厌

他岔开结疤的前腿骑在她的两侧,
豁出老命,冷酷无情像一辆坦克

又似一包沉重的沙袋往地下倾倒。
"她行了,"克利说着,用桦树枝

轻拍她的屁股,"要不行,带她再来。"
我牵着她朝前走,缰绳现在松弛下来。

克利吆喝着,用棍棒捣那头不法之徒 ④
他又回到黑暗中,吃草,一切照旧。

① 本诗采用的是双行押韵诗节,即两行诗的尾词末元音(有时是元音连辅音)相同,译成中文无法保留。
② Friesian,原产荷兰,是一种黑白花母牛或奶牛。
③ 从这节开始,每节似有新鲜的内容,如吧嗒一声、老式蒸汽机车换轨、圆滑的商人、像一辆坦克……显示了诗人精细和独到的观察。
④ 用棍棒捣,表明克利问心有愧,不法之徒并非坦然。

沙拉蒙［斯洛文尼亚］

托马斯·沙拉蒙（Tomaž Šalamun），1941年出生于克罗地亚首都萨格勒布，在斯洛文尼亚的海岸城镇科佩尔（Koper）长大。他的爷爷做过市长，母亲的家族来自意大利的里雅斯特，四兄妹中另外三个分别是艺术家、史学家和生物学家。他中学的法语老师引发了他对语言的兴趣。沙拉蒙十分多产，迄今已出版了四十多本斯洛文尼亚文诗集，也有多本英文的诗集出版。他是斯洛文尼亚先锋诗的领袖人物，也被认为是当今欧洲最重要的诗人之一，同时在美国极富盛誉。在中学时，沙拉蒙旅行到布鲁塞尔、阿姆斯特丹和巴黎，增进了他对西欧的认识，也反过来对自身的美学文化有了更深入的思考。

在沙拉蒙早年的文学生涯中，编辑过文学杂志《视野》，该杂志随后被禁。1964年，他发表了第一首诗《词语》。也就是因为文学杂志的编辑和诗歌语言的叛逆，沙拉蒙遭到拘捕，被威胁说会判刑十二年，但由于国际媒体的迅速介入和呼吁，几天后获得释放。1966年他二十五岁时，出版了第一部诗集《扑克》。从超现实和多声部的角度来看，沙拉蒙受到法国诗人波德莱尔、兰波和美国诗人西米克、阿什伯利的巨大影响。沙拉蒙在卢布尔雅那大学原先学的是艺术史，参加过艺术史上的OHO运动，1970年曾经受邀到纽约现代艺术馆（MOMA）举办展览，并曾在斯洛文尼亚的艺术学院担任艺术史教授。之后，他才把主要精力转向诗歌创作——按他自己的说法，诗歌似乎是"从天而降"，是"一种天启"。

1970年代沙拉蒙参加了爱荷华作家工作坊，在美国度过了两年。他也一度担任过斯洛文尼亚驻纽约领事馆的文化专员，近年来也经常在美国阿拉巴马、乔治亚、马萨诸塞、田纳西、弗吉尼亚、得克萨斯等州的大学教授课程。他的诗把世界的全球性视野与故土的奇异文化风格结合在一起，这种后现代的风格对美国新一代诗人产生了相当的影响。对很多美国读者而言，他的诗风是连接古老的欧洲文化根基与美国历险精神之间的桥梁。1970年代也是斯洛文尼亚国内政治上压抑的年代，沙拉蒙还经历了个人生活的危机。他在这段时间里写的诗汇集成了诗集《野生猎物的踪迹》，这本诗集完成了他从艺术家到诗人的根本性转变。

沙拉蒙的诗被认为有奇异和刺人的优雅，想象的触角延伸到各种愉悦和痛楚的极端，游走于非现实与日常的边缘。他并不热衷于简单的抒情，其突出的成就在于超现实的沉思冥想。在他的诗里，荒诞和游戏的兴趣，纯洁与情色的融合，高度的历史感与个人色彩，对自我身份的质疑与陈述，所有这些都挑战了现有的规范。

沙拉蒙的诗获得过许多奖项，包括延科奖、普莱谢伦和穆拉多斯特奖、普施卡特奖，以及德国、马其顿、意大利和罗马尼亚颁发的各种奖项，被视为二十一世纪欧洲诗的代表。他也是斯洛文尼亚科学艺术学院的成员。2011年沙拉蒙参加"本土中的世界：中国-斯洛文尼亚方言诗写作交流项目"，访问了中国的北京和成都。

(杨小滨　译注)

漆

命运碾过我。有时像一只蛋。有时
用它的脚掌,把我掴上斜坡。我叫喊。
我宣示立场。我典当我所有的汁液。我不该
这么做。命运可以捏死我。我已经感觉到了。①

如果命运不吹拂我们的灵魂,我们就会
立刻冻僵。我度过了一天又一天,惧怕
太阳不再升起。惧怕这是我的末日。②
我已经感到光如何从我手上滑动,假如我

口袋里没有足够的钱币,假如梅特卡的③
声音不够甜蜜、善良、坚定
而真实,我的灵魂会从我身体逃离,有如那一天的

来临。你必须与死亡为善。家
是我们来的地方。所有事物都在湿润的饺子里。
我们只活在一闪间。直到漆干。④

① 命运和我之间的搏斗，充满动感，我的强势与命运的更强势形成了此起彼伏的节奏效果。

② 在这前面的两节里，命运并没有被描绘成纯粹负面的——命运既是无情的，又是必须依赖的。

③ 梅特卡·克拉索维茨是沙拉蒙的妻子，一位艺术家。

④ 在湿润的食物和作为象征的漆之间安排了过渡，并且与生命的进程作巧妙的连接。

———①

你在这里吗?

我不知道,没名字,我不知道。②

看着我。

看着我。

你想看的时候。

我死的时候。

光到来的时候。

我的身体被扑灭的时候。

我呼吸的时候。

我走的时候。

我还没这样写过。

我不知道会发生什么。

我看见星星。

它旋转吗?

我不知道什么旋转。

听得见吗?

我是杯子做的。

我吃麦麸。

你找到了帽子。

我穿上睡袍。

所有的都进入我。

我把自己粘起来。

我慢慢写。

你是我看出来的。③

当我呼吸,我会死去。

代价很惨痛。

我什么都有。

那儿有伐木工。

时间到了。

那儿有杏子。

我听见触摸。

那儿有一把锁。

他们说了。

他们跳舞了。

给我你的帽子。

我呼吸了。

我睡着了。

你真快。

我迟到了。

我听见了。④

---

① 这首诗的标题是空白的。作为权宜的做法,作者表示,也可用一长线标示。

② 本诗假设了一个时空不明、身份不明、一切都不明的人物作为诗的抒情主体。

③ 诗的节奏似乎在渐渐加快,短促的诗行在语义上的跳跃式连接更凸显了某种独白的戏剧性。

④ 通篇用最简单的口语写成,却没有任何日常的气息,而是展示出一种呓语对世界的捕捉和感受。

高祖父们

为什么我划了一条线？①

线可以：

让手触摸

你能在上面放一棵树

你能弄湿它

你能闭上眼不看它

你能在画廊里

和儿子在上面散步

你能用你的右腿踏上

它的某一部分，你能用

左腿踏上它另一部分

并且说：从这里

到这里

你能在上面夯土

吃麦子

你能知晓没有麦麸

能说，所有的菱形体都是

一条线做的 ②

你能在画廊大声叫喊：

廷卡拉，你在哪里？而

廷卡拉在画廊里回喊：

我在牧羊，我在牧羊

这样声波就触碰到这条线。

这条线不能：③

用作食物的

味料

没有品性

也没有沟壑

你不能让它

吱吱叫

如果你把它顶进土里

让它发芽，它也不会发芽

它不懂什么是午

前和午后

它不包含氟化物

没有徽标绑在

它腰间

没有徽标绑在它脖子上

它没有绳圈它

也不滴

蜂蜜

你不会把它弄混成

帕诺夫斯基④

你也不能在桥边

遛它。

你能和你不能，这二者间的关系

是艺术，

所以这条线是艺术。⑤

---

① 一条简单的线，可能代表高祖父-曾祖父-祖父-父-我-儿子……之间的家族线索，也可能代表了艺术的始祖或本原。下文的"树"或暗指了家族谱系，而且还出现了"和儿子散步"的场景。
② 除了上文的"树"，这里的"菱形"也同样让一条简单的线产生了复杂的可能。也可以说，一条线肯定不仅仅是一条线。

③ 前一节是以"能……"的肯定句式贯穿,而这一节是以否定句式贯穿的:抽象的线条无法成为直接感性的或生命的表达——比如不能当作味料,不能当狗来遛。
④ 帕诺夫斯基(Erwin Panovsky)是德国艺术史家,而沙拉蒙本人是学艺术出身的,这就是为什么整首诗聚焦在一条线上,用视像的线条来组织文字。
⑤ 最后的总结也许道出了艺术的真谛:在肯定与否定之间,艺术就是一种永远无法明确的状态,如同这条线。

无 题 ①

一个巨大黑暗的男人有

发光的眼睛穿着白衣。

一个女人。②

一个男人手持球和棍子。一个女人。

一个男人手持球和棍子。

一个男人在耕作。

一个男人带着钥匙。

一个男人手持蛇和矛。

一个女人。

一个男人手持球和棍子。

一个男人在耕作。

一个男人带着钥匙。

一个男人手持蛇和矛。③

一个女人。

一个男人在耕作。

一个男人带着钥匙。

一个男人手持蛇和矛。

一个女人。

一个男人手持蛇和矛。

一个男人在耕作。

一个男人带着钥匙。

一个男人手持蛇和矛。

一个仆人手持鞭子。

一个挖掘的男人，一个笛师，

一个有笛子的男人。

---

① 这首诗通过静态画面铺陈呈现出男人和女人的图像，舍弃了一切主观评判，仅仅通过直观来冥想世界的状态。
② 在这首诗里不断穿插的"一个女人"始终以最简约的面貌出现，没有任何行为或描述，相对于具有行为的男人，女人的形象是抽象的，暧昧不明。
③ 这首诗里有许多重复的诗句，像是不断的闪回，拼合出一系列贯穿古今、变化多端的场景。

完　美

无历史的皮革。无软骨病的

力量。从一个抽屉里。一根线缆在手上。血

是丝绸。默默地走。血像

水果。这里也很热烈。

波斯王的坦克被盘踞。我们先是

痛打我们自己。我们吼叫，兴奋。

镜子必须起炉子的作用。你从路上

看见它们。在机器上生产

梦。① 有些读言外之意。完美的

形式像一只耳朵蹦起来。我知道

一个按摩师可以拉出你的胳膊。

从你肩膀的五公分。②

关节咬碎。不用油。你随意

旋转。工具睡着时你离开。③

① 诗里出现了许多互相冲突抵牾的语汇，比如软骨病和力量，血和水果，镜子和炉子，机器和梦，等等。而题中的"完美"，或许必须经由多重矛盾的互相作用。但这样的矛盾却往往形成某种不可能性，那么完美也许恰恰意味着完美的不可能和永恒的错位。
② 对身体的强行改变是否能够达到完美，这样的问题也参与了全诗的思考。
③ 我们往往需要外在的工具来抵达所谓的"完美"，而结尾的"离开"，也可能意味着对这种强制完美的背离。

达维什 [巴勒斯坦]

穆罕默德·达维什（Mahmoud Darwish），是巴勒斯坦同样也是当代阿拉伯世界最杰出的诗人。他于1941年（一说1942年）出身于加利利以西一个叫阿尔贝尔瓦的村落的农民家庭，家里共有八个孩子，他是五个男孩中的老二。1947年11月联合国通过决议，决定在巴勒斯坦分别建立阿拉伯国家和犹太国家，并使耶路撒冷国际化。第二年以色列宣布建国，一个夜晚，达维什从梦中惊醒，他们一家和几百个村民被全副武装的士兵赶出了村庄。出于恐惧，他们一家人逃到了黎巴嫩。当时他只有七岁，还不清楚发生了什么，但这件事在他心灵里留下了深刻的印迹。失去家园的切肤之痛和强调民族身份成为他后来写作的一个重要出发点。很多年后，以色列—法国电影制片人西蒙·比顿拍摄一部关于达维什的纪录片，想以阿尔贝尔瓦作为他童年生活的外景，但发现那里只是一片瓦砾和荒草。它被永远从地图中抹去了，只是留在了达维什的记忆和诗歌中。

经历了一年的逃亡生活之后，达维什和家人回到巴勒斯坦，但却失去了合法身份，他成了一个内在的难民。1960年，他家在一个叫阿尔德加德的村庄居住下来，而达维什则去了以色列港口城市海法，这成为他生命中的重要转折。这注定了他一生多舛，过着漂泊不定的生活。在那里他为报纸和杂志撰写稿件，也开始从事政治活动。他曾因政治活动和公开朗诵诗歌被多次逮捕和关押。在七十年代他加入巴解组织，后来成为执行委员会成员，直到1993年因政见不合退出。他曾为巴勒斯坦的国歌撰写歌词，也是《巴勒斯坦国民宪章》的主要起草人之一。

七十年代初，他到莫斯科学习了一年，然后到了开罗。

达维什生命中的大部分时间是在流亡中度过的，他长期住在黎巴嫩、塞浦路斯、突尼斯、约旦和法国。他从政，办杂志，写诗，他的诗具有强烈的感染力，被译成了各种文字。1996年，在流亡了二十六年后，他被获准回到以色列同家人团聚。

2008年，达维什在纽约的一家医院接受了心脏手术，但手术没有成功，他于8月9日逝世，享年六十七岁。

达维什在学校读书时开始写诗，第一本诗集出版时只有十九岁。四年后出版的第二本诗集，为他赢得了抵抗运动代表诗人的声誉。他的题材多围绕爱情和政治展开。他对具体女人的爱后来逐渐转化成对家园的爱，或者说，两者密不可分。他关于政治题材的诗歌揭露暴行，强调民族权利和平等，表达了和平的主张。他的诗歌受到阿拉伯古典诗歌的影响，也同样借鉴了现代诗的手法和技艺。他诗歌的英译者就曾提到，影响到他的诗人有洛尔迦、聂鲁达、曼德尔斯塔姆等人，还包括以色列诗人阿米亥。他一生中出版诗歌及散文集共三十多种，获得过很多重要奖项，还曾被提名为2007年度诺贝尔文学奖的候选人。

达维什去世后,他的诗集《杏树开花及其他》出版,从中我们看到,在他后期的创作中,早年的政治色彩减弱了,更多是对爱情的描写和对生活、人性的思考。冥想的调子增强了,情感也显得更加深挚。

(张曙光 译注)

最后的列车停了

最后的列车停在最后的站台。① 没有人在那里
解救玫瑰。没有鸽子落在一个词语构成的女人身上。②
时间终结了。颂歌的遭遇并不好过泡沫。
不要把信念放进我们的列车，爱人。不要等待人群中的
　什么人。
最后的列车停在最后的站台。但没有人
借助夜晚的镜子投下那喀索斯③的倒影。
我能在哪写下我身体化身的说明？
这是被约定结束的那些的结束！结束的那个在哪？
我能在哪释放在我身体内家园的自我？
不要把信念放进我们的列车，爱人。最后的鸽子飞
　走了。
最后的列车停在最后的站台。没有人在那里。

① 列车停靠在车站，可能是实景，也带有象征意味。这取决于我们如何看待"最后"的含义。最后可能是最后一班列车，也可以是再也不会有了（"时间终结了"），后者就产生了象征意味。诗人把诗限定在车站这个特定的空间，然后展开对自我身份和命运的思索。

② 玫瑰、鸽子是西方文化中最为常见的符号。玫瑰喻美好的事物，鸽子象征和平的希望。

③ 那喀索斯：希腊神话中的美少年，常在水边顾影自怜，后变成水仙，成为自恋的代名词。

另一条路在道路中

还有另一条路在道路中①,迁移的另一个机会。

经过时我们将把很多玫瑰②扔进河里。

没有寡妇愿意回到我们身边,我们必须出发,马嘶的北方。

但我们忘了什么,我们既简单又可贵的新思想?

当你谈到昨天,朋友,我看到你的脸在鸽子的歌声中反光。

我抚摸着鸽哨,听着在被遗弃的无花果树中的笛声。

我的渴望为所有事物哭泣。我的渴望回击着我,杀死或被杀。

但有另一条路在道路中,展开又展开。那么这问题带我们去哪?

我从这里来,我从那里来,但既不是这里也不是那里。

我得扔出很多玫瑰,在我到达加利利③的一朵玫瑰前。

① 指所有选择之外的另一种选择,与下面的出发去"马嘶的北方"相关。就生存和命运展开沉思。
② 玫瑰和鸽子在达维什的诗中经常出现。和上面的道路一样,都有象征意味。
③ 加利利(Galilee)在以色列北部,也是耶稣的出生地。

咖啡馆,你①和一份报纸

咖啡馆,你和一份报纸,坐着。
不,你不是独自一人。你的杯子半空,
阳光注入着另一半⋯
透过窗子,你看到匆忙的行人,
但你没被看到。(那是隐形的
特性之一:你在看却不被看到。)
你是多么自由,被遗忘在咖啡馆里!
没有人瞅见小提琴怎样打动你。
没有人盯着你的在场或缺席,
或注视你的困扰,假如你看到
一个女孩并在她的面前心碎。
你是多么自由,在这些人中间
专注于你的事情,没有人看你或摸透你!
做你自己想做的一切。②
脱掉你的衬衫或你的鞋子。
假如你愿意,你会被忘掉并自由想象。
这里没有紧迫的工作,为了你的名声和脸面。

你就是你——没有朋友，没有敌人，在这里研究你的
　　传记。
宽恕那个把你留在咖啡馆里的人
因为你没有留意她的新发型，
和在她鬓边飞舞的蝴蝶。
宽恕那个想在某一天
谋杀你的人，因为没有动机，
或是因为你在那天没有死
你撞上了一颗星并用它的墨水
写下了那些早期的诗歌。
咖啡馆，你和一份报纸，坐在
那个角落，被遗忘。没有人侵扰
你内心平静的领地，也没有人想要谋杀你。
你被遗忘多好，
在你的想象中多么自由！

---

① 这首诗采用第二人称，但里面的"你"仍然是一个自我观察和思考下的"我"。
② 写一个没有身份的"隐形人"的自由，但这种自由是一种缺席或被生活抛弃的自由，富反讽意味。

那边的婚礼

隔开我们两个门有一场婚礼①

那么不要关门;不要在我们和汹涌的

奇异快乐之间放下一道帘幕。

要是玫瑰枯萎了,春天不会感到

有理由悲伤。要是生病的夜莺

沉默了,金丝雀会发出它的歌声。

要是星星落下,天空不会受到损害。

在那边有一场婚礼,

那么不要在这空气的表面关门,

它发出生姜和成熟的新娘桃子的香气。

她哭着和笑着像水。(水不会受伤。

没有流在夜晚的洪水的痕迹。)

据说:爱像死亡一样强大。

我说,但对于生命,即使没有令人满意的证据,

欲望也比生命和死亡强大。

那么让我们结束我们隐秘的葬仪②

和我们的邻居分享着歌声。

生命是自明的……并真实得像尘土。

---

① 从邻近的一场婚礼写起。
② 喻内心深处的巨大悲伤,哀莫大于心死。

像一个小咖啡馆,那是爱 ①

像在那条陌生街道上的小咖啡馆——
那是爱……它的门对所有人开着。
像随着天气扩大
和缩小的一家咖啡馆:
要是下着大雨它的顾客就会增加,
要是天气好,他们又少又疲倦……
我在这儿,陌生人,坐在角落里。
(你的眼睛是什么颜色?你叫什么名字?
在你经过时我怎样叫住你?)
一个小咖啡馆,那是爱。
我点了两杯葡萄酒
为我的和你的健康干杯。
我带来两顶帽子 ②
和一把雨伞。天下着雨。
天下着雨,多过以往,
而你没有到来。
最后我对自己说:也许我等着的她

正在等着我，或在等着别的什么人，

或在等着我们，没有找到他／我。

她会说：我正在这儿等着你。

（你的眼睛是什么颜色？你叫什么名字？

你更喜爱哪种葡萄酒？当你经过时

我怎样叫住你？）③

  一个小咖啡馆，那是爱……

---

① 把爱比作一个小小的咖啡馆。通篇在写这个咖啡馆，但又与爱相关。

② 点了两杯酒和带来两顶帽子，可能其一是为爱人准备的，反衬出他的孤独。

③ 他在等着的是一个并不认识的陌生人，这里的爱并没有确定的目标，只是寻求而已。

贝莉 [尼加拉瓜]

吉尔冈达·贝莉（Gioconda Belli），1946年出生于尼加拉瓜首都马那瓜，意大利后裔，先就读于西班牙马德里的桑塔伊莎贝尔皇家学校，然后在美国费城大学攻读新闻学。十八岁嫁给年纪大许多的第一任丈夫，十九岁生下大女儿。七十年代因参与尼加拉瓜革命而成为美洲知名女诗人。一个女性、年轻母亲，在保守的天主教国家写歌颂性爱的诗，为地下运动偷运军火，她的诗以及她的行为艺术都充满着魅力和危险。

尼加拉瓜位于中美洲，曾为西班牙殖民地，1821年独立。1961年桑地诺民族解放阵线成立，许多诗人、作家、艺术家、知识分子积极参与，吉尔冈达·贝莉是其中最敢言的诗人之一。1975年她带着两个女儿流亡到墨西哥，仍继续援助国内地下运动，负责通讯和后勤，被政府判刑七年。1979年索马扎独裁政府被推翻后，她回到尼加拉瓜，在新政府内政部担任通讯和传媒部门的负责人，八十年代中期遇到美国国家公共电台（NPR）记者查尔斯·卡斯塔蒂，第二次结婚后居住于美国和尼加拉瓜两地，1988年离开政界，专事写作。独立与自由两大主题始终贯穿于她中后期的作品。

贝莉早期的诗歌颂扬爱情、性爱、女性独立、生育之美，参与民族运动之后而多了一些政治色彩。新政府的腐败，使许多同一时期成名的诗人和作家由于失落而放弃写作，她则转向更成熟的创作期，视野更加开阔。

1972年贝莉获得尼加拉瓜本国的诗歌奖，1978年获得古巴诗歌奖，1989年获得德国最佳政治小说奖，2003年她的回忆录被《洛杉矶时报》评为年度最佳小说之一，2008

年获得西班牙小说奖，2010年获得拉丁美洲Otra Orilla文学奖，成为第一位获得该重要奖项的女作家。她是中美洲最负盛名的女诗人、女作家。

贝莉已出版六本诗集，六部长篇小说，一部回忆录，两本儿童文学作品。她是四个孩子的母亲，大部分时间与丈夫居住于洛杉矶，每年回到尼加拉瓜参与当地的文学活动。尼加拉瓜除了冬夏颠倒之外，还是世界上最穷的国家之一。有一个奇特的现象是，世界上贫穷地区都有大型诗歌节，比如马其顿、尼加拉瓜、哥伦比亚等，当地政府希望以诗歌节来促进旅游业和经济发展，而诗人们则希望通过诗歌节来提醒世人关注他们国家的政治状况以及全球性议题。

贝莉的诗歌具有拉美抒情风格，节奏感很强，早期作品有女性主义特征，比如1974年出版的诗集《草地上》标志着尼加拉瓜妇女解放的开端，她的诗歌写作与投身政治运动都在七十年代具有女性自由解放的革命色彩。成名后她被介绍给中美洲和南美洲重要诗人和作家，包括哥伦比亚的马尔克斯、阿根廷的科塔萨尔等人，与他们的交往使她迅速成长，同时，她自己对新闻和国际政治的关注使她很早就具有全球意识，她思考的是第一世界大国与第三世界穷国之间的矛盾冲突，呼吁公平和正义，这使得她的后期作品超越了女性主义视角。即使在她书写女性主义题材时，也常关注美洲土著居民的文化和生存环境。诗艺上，她从早期直抒情怀的长诗而走向凝练而意象奇特的短诗，并仍具有饱满的激情、细微的观察以及语言上的感性和音乐性。与其他拉美诗人不同的一点是，她的诗具有一种民歌的吟唱风味，以及梦幻般的冥思。2012年译者在尼加拉瓜的格拉纳达诗歌节上认识了她，这里选译了她不同时期的作品，略微展示这位当代最知名的中美洲女诗人的才华。

（明　迪　译注）

佚诗颂 ①

当一首
鸟儿一样光鲜的
诗
栖落在我脑海
我奔向网络,试图 ②
擒住它。

此时
愧疚触及我神经
在电线上
安静地坐一会儿
挑战,试图
停留
等待我完成
下午或早上的仪式 ③
面包和奶油
日落时的葡萄酒。

我不匆忙

也不急于收藏

而是独自喜悦于它存在时的嗡嗡声

稍纵即逝的欢腾

它在我血液中停留过

看，它填充

彩色羽毛

张开双翅

在空中急促地呼吸，隐形

我让它飞走了

神话中的鸟

不再回来

不再。

---

① 标题大意为"失落的诗之颂歌"，"诗"在这里代表得而复失。
② 作者精通英文，自译了一些诗（西译英），但此诗及后面两首

短诗我直接从西班牙语译成汉语。英语和西语都有一种双动词结构，两个动词由 to（西语 a）连接，表示前一个动作是为了完成后一个动作，但后一个动作实际上并没有完成，在这里以及下一节我都用"试图"来表示。

③ 仪式，在这里指家务，比如早餐和晚餐。灵感到来时，"我"必须先完成家务。

足　球

给楚斯·威瑟 ①

给约翰·卡林 ②

球滚动

这球

后腿

从内裤下

长出翅膀

我想到水星

想到诸神

如果我们有这些家伙

穿着带颜色的鞋和球衣，

奥林匹斯山的草坪上

为什么还要诸神？

或应该是其他什么宗教？

圆形祷告台

下午的体育场

阳光为他们普照

而我们正在燃烧热情

哭喊中载有火花

看那美妙的弧线

从他的脚下跨越到球门

完美的一击

屏住气息

直到它爆炸

燃烧

守门员倒下

被击败

眼看

那双坚固的大腿

欢呼

胜利。③

---

① 楚斯·威瑟,原名赫苏斯·加西亚,西班牙当代诗人。
② 约翰·卡林,曾随外交官父亲到阿根廷,后回到伦敦完成学

业，之后在中美洲为美国《时代周刊》、英国 BBS 以及加拿大《多伦多之星》担任体育记者和时事政治记者。

③ 作者回忆一场足球赛，联想到政治与宗教的脆弱，以及我们死死守住的东西，一切都不堪一击。

足　迹

很快我将离开烟雾和石灰森林

而踏上敌意的城市街道

我的名字将和另一个称呼响在一起 ①

我脸上将是另一个面孔

所以今夜，在这里

我想留下

从我头顶的蓝色火山群观望 ②

让景色从我内部扩张

湖水在我肺部流淌 ③

云层在我血液里弥漫

火山口从我眼睛里诞生

这神话与史诗的视野

由内陆河流喂养

我与你争论

你拉开深深的地球距离。

———————

① 吉尔冈达·贝莉具有多重身份——诗人,革命家。

② 从面积上看,尼加拉瓜为中美洲最大国家,从太平洋到加勒比海。太平洋沿岸有 25 个火山口组成的火山群。

③ 尼加拉瓜被称为"湖泊与火山之国",地理特征上有著名的活火山以及壮观的湖泊。

马莉安的出生

马那瓜①的记忆具有夜晚的香气。

微风摇曳着芒果树的枝叶,

绿色的医院墙壁。

阿邦扎医生坐在摇椅上,

身穿笔挺的无可挑剔的白大衣,

厚密的胡子。

(仅仅看一下他的手,我就感到安全)

床上

我听着你祖父母遥远的声音,

而在我的世界里,只有你和我。

我的身体和你的身体

自然分裂。

你母亲只有十九岁。②

"这么年轻,"护士低声细语。

但我感觉古老。

(没有比生孩子的时刻更明智了:

重复的仪式团结所有女人）

我的每一块肌肉都知道自己的任务。

每一根骨头巧妙地用力

打开通行道，

痛使骨肉分离，

忍受，不仅因为最终的期望：

隧道另一侧的小脸蛋

等待艰辛之后的怀抱。

我用了十二个小时的力。

我的身体把你推向外面的世界，

你的头奋力奔向日出。

凌晨两点 ③

他们把我抬到担架上。

穿过黑暗的走廊，

屋顶上的方砖，

昏暗的霓虹灯——

我们到达产房。

终于有了祝福的麻醉。

不再疼痛了，我必须控制我的笑声。
医生的助手，一个矮个子男人，站在梯子上
按我的肚子：用力推，用力推，他指挥着，出来了，出
   来了。
直到你抵达。
直到我从远处看见你被倒挂，
血腥，湿滑。
"是个女孩，"阿邦扎医生说。
在马那瓜医院的产房外
他们会亮起蓝色或红色的灯光
宣布新生儿的性别。
我想着红色光芒在夜里闪耀。

许多年过去了
我仍然记得每一个细节。
我把你久久抱在怀中，
你柔韧、温软的头弯曲在我双臂里。
我哭了，担心我伤害到你。

我仍然这样，

哭泣，担忧，

心想我可能给你带来疼痛或伤害。

也许始于出生，

也许永久性地，我们持续分离。

我们一体时，一起走过生活的怀旧，

渴望黑暗间隙，羊膜里流动的沉默。

子宫内的亲密。

向往着光线，空气。

分开的存在。

生命的奥秘让我们在一起，又将我们分开。

只有爱超越这些矛盾。

---

① 马那瓜为尼加拉瓜共和国首都。
② 贝莉回忆大女儿马莉安出生的经历，当时她只有十九岁。
③ 此处为回忆中的小倒叙。

语言记忆：西班牙征服（节选）

1

在梦中我听见祖先的语言。①

在昏暗的灯光下我看见他们在奇怪的房间里

而我只能用外语来描述

这些永远围困在这片

阴影之地的人们。

我不懂他们说些什么

但在梦里他们听起来像棕榈树

仿佛格查尔鸟②的羽毛一样发出微弱的光。

特诺奇蒂特兰③的市场什么样？

商贩叫喊着金刚鹦鹉的羽毛

女人的声音叫卖木薯或芋头

马铃薯商人嗓音低沉

圣球游戏之战的英雄

和挽着巴拿马草筐的温柔女孩
用什么语言宣布他们之间彼此的爱
而听起来如同河水或者雨水？
他们的词语就像他们的群山和湖泊
就像他们的树木和动物

这个语言发出"木棉树"和"美洲虎"
是什么声音？
指认"白炽灯"和"赤道的月亮"
以及"火山",是什么声音？

我在梦中听见我祖先的语言
在陌生的房间里
我只能以毁灭的语言来描述。

2
他们践踏我们。
而我们在他们的圣贤紫色披风下
隐藏我们的上帝,我们的神话。

我们采用他们的语言，变成我们自己的。

我们带来滂沱雨林的声音

竹笛的甜蜜哀伤

安第斯山脉之巅的风

亚马逊丛林的坚不可摧。

为了生存，我们让他们改变我们的名字

但我们命名世界

用他们无法破译的密码和法典。

我们脱下旧皮。

用可可油涂抹他们的基因，

制造淡巧克力和浓巧克力。

巧克力男人和女人重新繁殖

雷霆与荒凉的大陆。

我们重建我们宏伟的城市

墨西哥，布宜诺斯艾利斯，利马，里约热内卢

我们在最深的陶罐内保留

我们被摧残过的智慧。

① 贝莉作为欧洲移民的后裔,却关注美洲土著居民的历史、文化和语言。这里的祖先指整个美洲的祖先。
② 格查尔鸟,又被称为南美洲的"极乐鸟",是危地马拉国鸟。"格查尔"在印第安语里意思是"金绿色的羽毛"。
③ 特诺奇蒂特兰为墨西哥的特斯科科湖一座岛屿上的古都遗址,是美洲历史上著名的岛上之国,阿兹特克帝国之都。

卡森 [加拿大]

安·卡森（Anne Carson），1950年出生于加拿大多伦多，当今英语世界最聪慧的女诗人。作为一名古典文学学者，她的诗充满智性，却也不失感性，其抒情浓度和想象力常使人忘记她的学者身份。她不以"诗"命名，而以"随笔""小说""传记"命名作品，其诗意却令诗人惊叹；她不以后现代自称，其语言和形式上的变化多端，令"后现代"这个词失去意义。作为一个女诗人，她不自哀自怜，而是开朗豁达，幽默，并善用反讽。她的广博，使"女性主义"这个词显得狭隘，同时也丰富了女性主义诗歌。

中学时学习拉丁语和希腊语，从此爱上古希腊文学，就读于多伦多大学，获古典文学博士后，在美国和加拿大数所大学教古典文学和比较文学。1986年出版萨福诗学专著《爱神，苦涩甜蜜》，探讨欲望与想象力之间的关系，并为今后作品打下古典基调。九十年代以两部诗集闻名：《玻璃，反讽，上帝》(1992)，《素水：随笔与诗》(1995)。她将诗、散文诗、随笔、评论糅合在一起，打破了诗与散文的界限。九十年代末《红的自传：诗体小说》(1998)引起轰动，这本诗集写到一个同性恋男孩的成长（古希腊神话里红皮肤Geryon的现代化身），及生命的意义，同时具有多重主题，有关欲望、残忍、盲目等等。安·卡森获得过美国蓝南文学基金（1996），普西卡诗歌奖（1997），古根汉基金（1998），麦卡锡基金会的天才奖（2000）。2001年因《下班后的男人》而获得加拿大格里芬诗歌奖，同年以《丈夫之美：29段探戈组成的虚构随笔》而获得英国艾略特诗歌奖，成为第一位获得该奖的女诗人。

卡森在题材与体裁上都有很多创新。《诗话》(1992)这一形式对中国读者不陌生，但在英语世界引起很大兴趣，即简短的散文文字，少则一行，多则一大段，具有散文诗的质量。在散文集《与策兰一起阅读西蒙尼特斯》（1999）里，她让公元前五世纪的希腊诗人西蒙尼特斯与策兰对话，主题围绕失去、缺席、死亡。

作为译者，她翻译的三部古希腊诗剧在纽约上演，还翻译了《萨福诗选》（2001）等多部古希腊文学作品，创作量惊人。新世纪以来除了多部译著外，还有两部诗集别出心裁，《反创作：诗、散文、话剧》（2005），《夜》（2010），前者在诗与散文的交杂上又加入了话剧，后者是追悼亡兄的诗集（其兄在丹麦去世十年之后才正式出版）。《夜》不是通常意义上的书，而是一个盒子，打开是折叠的一长串硬纸，配有照片、插图、信件等，书名是拉丁语 NOX（夜），以古罗马诗人卡图鲁斯的"101 首"悼念亡兄的诗开篇，卡森从头到尾不断解构、翻译、诠释这些诗，探讨死亡、历史、诗歌翻译，与沉默的骨灰对话。

卡森的诗歌叙述，是冥想中的回忆和想象，既可以看作是诗中人物对生活的反思，也可以看作是一种隐喻。她善于借古喻今，也善于以个体反思人类、历史、诗学，在不断打破诗与散文的界限时，不断追问修辞学的意义，在字里行间不断冥思，她最奇特的一点是，她的自我冥想具有多种视角，她诗中的男性带有她自己的声音，而第一人称"我"又具有她内心男性他者的声音。

（明　迪　译注）

探戈之二 ①

然而奉献只有当着证人行使才是恰当的——这基本
上是一种公共投降,如同战争规格

你知道我多年前结婚,我丈夫离开时带走
我的笔记本。
梳丝装订的笔记本。
你知道那个俏皮而狡猾的动词,写作。他喜欢写作,但
  不喜欢
每一个想法都亲自
开头。
用我的开篇写出各种结尾,譬如我在一个口袋里发现
他写的一封信
(写给他当时的情妇)
起句有我抄录的荷马短语:……荷马如是说
安德洛玛克走了 ②
与赫克托分手后——"常常回头看"
她走了

从特洛伊之塔走下，穿过石街，朝她忠实丈夫的

房子走去，

她同女伴们为一个活着的男人在他自己的殿堂里竖起悼

　词碑。

我丈夫

对谁也不忠实。那为什么我从少女时代到中年后期一直

　爱他

直到邮件里传来离婚判决书？

美。没有伟大秘密。我不以为耻地说我爱他的美。

如果他走近

我还会这么说。美具有说服力。你知道美使性成为

可能。

美使性行为更性感。

如果有人抓住这一点，你便嘘——我们不谈这个，谈谈

自然情形吧。

其他物种，没有毒性的，常具有类似于

有毒物种的色彩

和条纹。

无毒种类对有毒种类的模仿叫作

模拟。

我丈夫不是模拟。

当然你会提及战争游戏。我向你抱怨
足够多了,
他们在这里通宵达旦,
棋盘拉开,还有地毯、细灯加香烟,同
拿破仑的
帐篷一样,我想,
谁还睡得着?总而言之我丈夫是这样一个人,对
波罗底诺战役③
比对他妻子的身体了解更多,多多了!紧张堆积到
墙上
直到天花板,
有时候他们从星期五晚上玩到星期一早上,连续
通宵,他
同他苍白的愤怒的战友。
他们浑身臭汗。他们吃游戏中那些国家的肉类。
嫉妒构成我与波罗底诺战役之关系的非同小可的
一部分。

我恨它。

你恨吗。

为什么玩通宵。

时间是真实的。

这是一场游戏。

这是一个真实的游戏。

是引言吗。

过来。

不。

我要摸一下你。

不。

好吧。

那天晚上我们做爱"玩真格的",结婚半年来
从未试过。
巨大的神秘。谁也不知道把腿放哪,至今我不敢
确定
那天我们是否弄对了。
他似乎很高兴。你像威尼斯一样,他说得漂亮极了。
第二天一早

我写了一个简短的发言稿（"论摘花"），他偷去，发表在一家小季刊杂志上。

总而言之这就是我们之间的典型互动。

或应该说是理想互动。

我们俩谁也没见过威尼斯。

---

① 译自《丈夫之美：29 段探戈组成的虚构随笔》(2001)。探戈这种拉美舞蹈形式代表复杂的关系，每一段探戈之前引用了英国诗人济慈的诗句，如副标题所示，整个诗集是一篇讨论济慈美学的随笔。这里翻译的是第二段。

② 安德洛玛克是古希腊神话中赫克托的妻子，赫克托为特洛伊王子，在特洛伊之战中阵亡。

③ 波罗底诺战役为 1812 年拿破仑进攻俄罗斯之战。

玻璃随笔(节选)①

我

我能听见我梦里的小嘀嗒声。

夜晚的银霜

滴到背面。

早上四点我醒来。想着

九月离开的

男人。

他叫洛。②

浴室的镜中,我脸上

有几条白色纹路往下淌。

我冲洗脸,回到床上。

明天我会去看望母亲。

她

她住在北方的沼泽地③。

独自一人。

那里，春天像刀片一样开启。

我坐了一天火车，带着很多书——

有些给母亲，有些给自己，

包括艾米莉·勃朗特文集。

这是我最喜爱的作者。

也是我最大的担忧，意思是我需要对抗。

每次看望母亲，

我感觉我在变成艾米莉·勃朗特，

我周遭孤独的生命像一片沼泽地，

我笨拙的身体跌倒在泥滩上，仿佛

变形，

我走到厨房门口才复原。

艾米莉，我们需要什么肉？

三人

餐桌边三个沉默的女人。

我母亲的厨房又暗又小,窗外
是沼泽,瘫痪在冰中,
一直延伸到肉眼所及,

穿过荒芜直到坚硬而昏暗的苍天。
母亲和我仔细咀嚼生菜。
厨房的挂钟发出低沉粗糙的响声,

一过十二点就跳动一下。
我翻开艾米莉,216页撑在糖罐上,
但我暗中看着母亲。

一千个问题从内部撞击我的眼睛。
母亲正在研究她的生菜。
我翻到217页。

"我飞奔过厨房,撞倒哈里顿④,
他正在门口从椅背上
挂一串小狗……"

仿佛我们低落到玻璃的大气中。

时而有三言两语划过玻璃,

在背面滑翔。这瓜不好,

还不是瓜的季节。

城里的理发师找到上帝了,每星期二关闭店铺。

小老鼠又爬进餐巾抽屉。

小牙齿。咬破了

餐巾角落,唉它们不知道

时下餐巾纸有多贵。

今晚有雨。

明天有雨。

菲律宾火山又喷发了。她叫什么名字?

安德森死了,不,不是雪莉,

那个歌剧演员。黑人。

癌症。

为什么不吃配菜,你不喜欢青椒?

窗外,我看见枯叶敲打着荒地,
残雪被松针污染,伤痕累累。
沼泽地中间

地面凹下去,
冰已开始松动。
黑潮水涌过来,

声嘶力竭,如同愤怒。母亲突然说,
心理医疗对你没什么用处,是不是?
你还是没有忘记他。

母亲有一套总结的方式。
她从来不喜欢洛,
但喜欢我有一个男人,一起过日子。

嗯,他接受,你施给,但愿这样有效。
见到他之后,她只说了这么一句。
那时候,施给与接受

对我只是词语。我没有恋爱过。

就像车轮滚下坡。

但今早母亲睡觉时

我在楼下读到《呼啸山庄》这一处,

希斯克利夫在风暴中抱住栅栏,

对他心中爱人的魂魄哭泣:来吧!来吧!

我也倒下,跪在地毯上哭泣。

她知道如何悬挂小狗玩具,

那个艾米莉。

你知道这不像服用一片阿司匹林,我有气无力地回答。

豪医生说悲伤是一个漫长的过程。

她皱眉。老是挖掘过往

有什么用呢?

哦——我伸开双手——

我会赢的!我看着她的眼睛。

她咧嘴一笑。是的,你会。⑤

---

① 《玻璃随笔》是一首 39 页的长诗,这是开头部分。

② Law,音译为洛,也有"法律"的意思。

③ 加拿大北部小城,Port Hope。

④ 哈里顿是《呼啸山庄》里第二代主人公,象征着受伤、绝望、复仇、幻灭之后对平淡祥和新生的希望。

⑤ "我"、母亲、艾米莉·勃朗特是"餐桌边三个沉默的女人",后者从书中"抬头"与前者对话。

诺斯底主义,之三 ①

第一行必须使大脑竞跑,荷马如此,
弗兰克·奥哈拉 ② 如此,为什么
缪斯们
以这样的迅速
激烈地跑过房间——有一个上了阶梯(晕倒)
你奇特的斗牛式,平展得
几乎就在近处
直至蓝天
他们剧痛——变成波洛克! ③
活着就是为什么

---

① 这首诗选自《反创作:诗、散文、话剧》(2005)。诺斯底主义(又称灵智派),在希腊语中表示拥有一种特殊知识,指透过个人经验所获得的知识或意识。关于这首诗可以写篇论文,也可以只欣赏表层的节奏所带来的美感。诗的第一行就开始跳跃,它在告诉读者,第一行就必须让大脑像跑步竞赛一样剧烈活动起来。

② 弗兰克·奥哈拉（Frank O'Hara，1926—1966），美国纽约派诗人。
③ 波洛克（Jackson Pollock，1912—1956），美国抽象表现主义画家。

享乐主义 ①

美丽使我绝望。我不在乎
为什么,只想脱身。
当我看着巴黎,我渴望
用双腿环抱它 ②。当我看着你
跳舞,有一种决绝的
浩瀚,如一个水手在死寂的
海上。欲望像桃子一样圆,
整夜在我内部开放,我不再
收集那些落下的。③

---

① 这首选自《诗话》(1992)。安·卡森的诗话几乎都是短诗。她记下一些意象和短句子,扩充一下就是完整的诗,而这一首即使不扩充也是诗,故译录在此。
② "我渴望 / 用双腿环抱它"是典型的卡森句子。安·卡森写诗时不是学者,却是最具有智性却也最性感的诗人。这里的性感不是指"双腿"(当然也可以是),而是指用身体触摸关于"美"的理论,这种触摸甚至隔着衣服也可以感受到,在"关于我乔装凯

瑟琳·德纳芙的随笔"里,她借用法国女演员凯瑟琳·德纳芙的美来讨论"反讽"的功用。而所有这一切都基于萨福的一句"You burn me"(你灼伤了我)。安·卡森的古典学研究拓展了我们对萨福诗学的认知。

③ 九行半,最后一行比前面短一半,这可能是唯一的缺憾,而未归纳到"诗"里,但缺的半句也可能正是落下的花果,她刻意不去采集。

索福克勒斯《安提戈涅》中的"人物颂"①

许多客户都安静得可怕,但没有谁
比人更安静得可怕:②
在大理石冬季
他漂洋过海,脚步如此危险地柔软,
踏上陡峭的碧波,每星期二
同战马和碎片一起滑下,
磨制毫无惧色的大地。

鸟儿的脸也破碎了,陷入他的森林
灯火,
咸味的银霜卷入他的网,他就这么编织着,
这个如此安静的顾客③。
他以技术
命定动物和山脉,
以枷锁使牛弯背,使马下跪。④

而话语和思想同复杂的空气一样清晰,

情绪使一个城市道德化,他这么寻思着。

他知道这雪皑皑的寒冷会逃离,

每个人的紧急需求只要一插上就裂开:

每个插座都无恙,唯独一个

例外。

死亡持续地黑暗。

死亡,他无法命定。

尽管有虚构。

邪恶,

善良,

法律,

诸神,

尽管有坦诚的宣誓。

高处的城市⑤极其美妙

你看他自在地慢跑,

岩浆涌向这里。

① 与英语诗歌传统的"咏物"诗不同,这首诗"咏人"。《安提戈涅》是古希腊悲剧作家索福克勒斯的作品,"人物颂"为剧中的合唱。在诗与散文区别越来越小的今天,有人说唯一的区别大概就是"诗不把右边填满",而卡森原文则故意"填满"纸的右边。

② "人物颂"起句是"世间有许多奇妙的事物,但没有什么比人更奇妙"(There are many wondrous things and yet nothing is more wondrous than man),此处"奇妙"多义,也有"可怕、制造恐惧"的含义。作者在此化用了此句,而取多义。

③ 消费社会里,人不过是顾客。

④ 在文明社会里,万物不再是天命,而是由人来命定大自然。这里是揶揄,反讽。

⑤ "高处的城市"(high city)指雅典卫城,此处隐喻人类文明。

维斯托尼提斯 [希腊]

安纳斯塔西斯·维斯托尼提斯（Anastassis Vistonitis），希腊当代诗人，1952年生于希腊北部的科默提尼，现居雅典。早年在雅典大学学政治和经济，1983—1988年旅居美国纽约和芝加哥。他曾在世界各地广泛旅行、朗诵，并曾多次访问中国。出版过十一部诗歌集、三部随笔集、四部游记集和小说等，还出版过李贺的译诗集。2003—2007年间曾为欧洲作家联合会副主席，并担任过2004年雅典奥运会文献集的总编。作品被译成多种语言。

认识安纳斯塔西斯，于我是一件非常美好的事情。我们是几年前在青海国际诗歌节上认识的。那时他读了我的《变暗的镜子》《田园诗》等诗的英译后非常赞赏，正好我的英译者、美国诗人乔治（George O'Connell）和史春波也在，他邀请我们一起到他的房间里喝威士忌。似乎不需要多说什么，举杯之际，我们已成了朋友。

　　这就是人们所说的"缘分"。在根本上，它基于一种相互间的诗歌认同。正是出于这种认同，安纳斯塔西斯回国后特意给我寄来了他新出版的英译诗选 *Mara's Shade*。2011 年夏天，我应邀参加希腊提诺斯第二届国际文学节，也有机会更多地认识了我的这位诗人朋友。

　　安纳斯塔西斯的诗优美，冷冽，内省，而又有着一种悠长的味道。他的《亚努斯的面孔》等诗透出一种敏锐而成熟的心智，又有着一种挥之不去的忧郁——一种希腊式的忧郁。生命如此美好——最起码我和他与他的妻子玛丽娅一起时感到如此，又为何忧郁呢？然而这就是生命。也许，正是那种希腊式的明亮使他写出了《黑暗的夏天》。

　　这种"希腊式的忧郁"，使我不由得想起了海神波塞冬。

在安纳斯塔西斯的诗中，似乎就潜行着这样一个忧郁的海神。这是命运给他的一份赠礼。也许，正因为如此，像许多希腊诗人一样（如他常谈到的卡瓦菲斯），安纳斯塔西斯的诗还往往把个人经验置于历史和神话的背景下，如《战役之后》那首诗，随着"一个钢铁的萤火虫"在"战役之后"降落，竟爬出来埃斯库罗斯《奥瑞斯提亚》中的几个人物，他们凝视着天空，然后"在搜索灯致命的见证中"又一起消失了。诗人以这种方式把"过去"引入现在，这不仅出人意外，也产生了一种令人震动的力量。

而这种"搜索灯的强光"是一种什么样的光呢？在另一首诗《老故事》的结尾，诗人把它点明了：奥斯维辛之光。这也说明我们的这位"老帅哥"——安纳斯塔西斯高大英俊——其实是一位对时代、对人类命运和文明满怀忧虑的诗人。因此在这首诗的一开始他会这样写道"当诗人们梦着流水、钻石和玫瑰／我在睡梦中看见燃烧的城市……"读到这样的诗，我要向这样的诗人致敬了。

当然，在安纳斯塔西斯的诗中不仅有忧郁，有面对生死之谜、时间之谜和自我之谜时所产生的那种迷惘，也有着一种超越性的诗性观照和想象力。它那明亮中的深重阴影,不仅触及到忧郁的根源所在,令人产生一种莫名的乡愁,也产生了一种令人惊异的美。

最后,我还想讲讲他的朗诵。他的声音并不宏亮,但却深沉,有磁性。那来自希腊语的声音,用他诗中用过的隐喻来说,犹如一道深沉而有力的弓弦,把我们的内脏带向了我们的嘴。

(王家新 译注)

亚努斯的面孔 ①

1

金属的光泽,冷冽而显而易见的真实。心智的色调和它的乐器一起,掩映在管弦乐队的第三级。② 季节的盲目分配。

2

宇宙的昏暗成为他的内在生活。

3

每逢新年到来我梦着雅各布的梯子。③

4

我爱这雨。它使世界变得不可见了。它使不可见的世界变得可见。

5

潮湿的夜。那种你感觉到的。那里有着睁开的眼,也有着闭上的眼。梦幻般地,每一样事物都在描绘你的心思,犹如置身于文艺复兴时代的画室,你的想象不动声色地就变为现实。

6

冬日反光的云团。天空:平凡而光荣的意象。我在音响里放上一些音乐,为了在喧嚷中有一些光亮。那无需思想的蚀刻的深度,里面的海带着它神圣的波浪。自信,这金苹果,心灵的海豚。燃烧的思绪把你带向不可见的家乡。那更深的心。我们变得湿润而对此浑然无觉。一个沉稳的海,在血液里,带着海藻。

7

眉头上的阴影,来自星辰的灰尘,乙醚的银色,那使玫瑰与莲花结缘的东方之银色——这一切都过去了。一切。处在血的张满的篷帆下,一阵阵来自内里的微风。每一样事物到来。我打开开关,听着肖斯塔科维奇的第十五交响乐。在哀悼松开拥抱之处,是那无言诉说的音乐。它的弓弦,把你的内脏带向你的嘴。

8

晦暗、沉闷的日子。我听着威尼斯人明亮的音乐。那致意的,对位式的,致命的。

9

镇定,每一个地方都很镇定:惰性的威力。

10

梦魇般的想象:你不是你自己,你不是,你不是。④

---

① 亚努斯(Janus),古罗马的双面神,有着朝向相反方向的两副面孔。
② 正是这样的隐喻,透出一种敏锐而成熟的心智。
③ 在希腊神话中,雅各布做梦沿着天梯取得了圣火。
④ 这一节,点出了一个诗人面对"亚努斯的面孔"认知自己的主题。我喜爱这一组诗片断,有时从容,有时耽于幻想,有时决绝,但都恰到好处。它们各自独立,但又像水流一样融合为一个艺术的整体。

黑暗的夏天

在向西的门槛我们建造了城镇——
盲目的窗户,黑暗的鱼池。①

从那里,风吹拂而来
拍打着屋顶和钟塔,
墙面和窗户
沮丧而衰老,如同死亡?

光落下
在阴影中间
拖动着橘红的抹布
天空是黑暗的竞技场。

向北将走着胜利者。
向南,船只被
太阳神之马牵引。
而向东,

水的玛瑙眼
闪动着春之繁星和风的火焰。

花园偎依在河边
海播种着树木。
夜的丝绸和乌木曾是玫瑰
而井口绽放着黑暗莲花
从那样一种涌现中
阴影，圣殿和岩石，
以夜莺愉悦着我们的夜
众星的清唱剧。

你的头发生长
像后发星座② 那样。
海从你的嘴中流过。

你的嘴是
一座风的宫殿。

以风的弯曲

你舞动着你的宽松外衣

现在我可以用它

来擦拭灰烬

泥泞

尘土

和自大。③

在向西的门槛我们建造了城镇——

盲目的窗户,黑暗的鱼池。

让风爱抚你的脸。

在早晨你的眼泪霜冻

会一瞬间消失。

越过遗弃的墓园,

在天空之上

一颗大星绽开

宇宙的心脏。

我们将带着呼喊和梦逃离

像绿宝石一样坠入

时代的黑暗。

在你神话般的眼中我将再次看到

大海划出的地平线。

而你的呼吸

会使乌木的叶子增长

它将转向光

像蜜蜂被春天的罗盘

吸引。

梦比世界、比言说的暴政

更伟大辽阔。

你的名字之美只在低语中,

而悲哀、爱和眼泪

是珍贵的金属

不会被冥王之光磨灭。

月亮曾是巨蟒的眼睛,

生活在我们童年的屋子里。

它的皮肤有着老文明的封印,

它曾是使者的银杖,

美的戒指

月亮的蚀晕。

它的眼,永恒生命的明镜

高悬在坟墓黑暗的上空。

如果声音隐去,花园将留存。

你的长裙将滑过地板,

你皮肤的光泽闪闪发亮

像那未被触摸的昴星。

这样的形体将在尘土中消隐,

脸孔和容颜融化

并再次取得它们的形状

在那不可言说的深处

金色的薄雾来自天国的田野。

---

① 这开头的两句在后来再次出现,构成了这首诗结构性的乐句。正是在这钢铁般的框架中,产生了超越性的美。

② Berenice,以埃及一王后的名字命名的星座。现实的隐喻和抒情置于神话历史的背景下,因而具有了更丰富、深远的意味。

③ 多么动人的美!这也是语言对自身灵魂的触及。

反　向

雨后，风的玻璃脱去世界。穿过虚无的空间，那些孤独的丢弃的树——向所有过去的事物告别。昨天，一些陌生人进入我的睡眠，含糊不清地说着那些在雪中留下的森林和城镇。是的，他们的眼是红的，头发是白的，睡眠是一棵致命的充满昆虫的树。白蚁在地上打洞，穿过那些腐烂的果实，而敌人将被歼灭，带着石头麦子的战斗会在那里展开。

那个想和女人竞争的女孩有点讨厌，红色来自她那激情的火焰。现在那里有点意思了。人们叫她罗莎。①

藏在我眼中的是严酷的意象。被蹂躏的风景带着粉碎的质料，一种思索它自身灰烬的心智，拒绝挪动那些不属于它的肢体。

我攀上一架梯子，
闭上眼睛，

梦着一条汹涌的河。②

---

① 这一节和前后几节有所反差,也更口语化,但它并没有使全诗松懈下来,而是构成了一种张力。
② 这样一个结尾,有着一种"危险的美"!

战役之后 ①

战役持续到日落之后。
在黑暗的降临中生者和死者
躺在一起睡下,
他们打开搜索灯的强光。

黑暗的破布摆动
在风扬起的尘灰中。

从最高的窗户中
飘来婚礼的华尔兹舞曲。

死者在壕沟里
燃起了夜。

在主广场
一个钢铁的萤火虫降落。
皮拉得斯、克吕泰涅斯特拉

埃癸斯托斯爬出来

在领航员的眼中我看见俄瑞斯忒斯 ②

凝视着天空。

然后他们一起消失,

在搜索灯致命的见证中。

我们生活在死亡之星下。

我们啃着苦涩的面包。

在我们入睡的铅的丛林里, ③

传来密集的发芽声。

稠密的肮脏的光。

泥泞和虫子的日子。

虫子占据了我们的家,

把我们的卧室变成它们的王国。

它们进入墓园,

成为死者的哨兵。

它们在大地的内腹建起陵墓,

在那地狱之城。

从海水的眼中

太阳诞生了。

我给你我的声音，④

我给你我的眼睛和皮肤，

我以鹰的声音对你讲话，

以麻雀的飞行，

和树神的拍打声。

敌人从北边的城门进入。

投降的仪式举行，

旗帜、钥匙和女人被带走。

他们有很多。

他们如人所知：时间的篡夺者。

---

① 这里的战役不指任何具体战役，它只是一个诗的隐喻。
② 皮拉得斯、克吕泰涅斯特拉、埃癸斯托斯、俄瑞斯忒斯，均为古希腊悲剧之父埃斯库罗斯《奥瑞斯提亚》三部曲中的人物。该

三部曲围绕阿尔戈斯国王阿伽门农之死展开,讲述了一个以血还血的复仇故事。诗人以这种方式把"过去"引入现在,令人震动。
③ 诗人只以一个意象"铅的丛林",就指向了现代文明。
④ 在死亡的大获全胜中,诗人仍要发出他的声音,仍要对"你"讲话。也许,这就是希望所在。

片断（节选）

5

在我之内
一个孩子
带着霜寒和云。

9

夜在这里。风在这里。
还有一个低低的阴冷天空。
星辰在风中绽开。

10

所有的树。
铁桥。
古老的摇篮：
秋天。

11

时代变了。

他也上了年纪。

人们把他扶在椅子上。

那里他看见自己的血

变黄。

13

窗户敞开。

出乎意料地敞开

像是时间躺在那里等待。

18

那么,给我指路。

给我你的手,

你的摘下的头。①

19

日子破裂成

红色和灰色。

在房间里，像一头

被阉割的动物。②

21

他拉开冰箱。

他喝了一些水。

他打开门。

外面的夜：

凝冻的玻璃纸。③

---

① 这一句来得突如其来，但这就是诗，就是我们把握不定的命运。
② 这种诗的隐喻，不仅把时间肉身化，也带来了一种语言的新质。
③ 这一节线条简洁，富有动作性，结尾一个比喻，一下子打开了一个奇异的世界。